Juan Goytisolo
As Semanas do Jardim
Um círculo de leitores

Juan Goytisolo

As Semanas do Jardim
Um círculo de leitores

Luis Reyes Gil
TRADUÇÃO

AGIR

Copyright © 2005 desta edição, Agir editora
Copyright © Juan Goytisolo, 1997

Esta obra foi publicada com o apoio da Dirección General del Libro,
Arquivos y Bibliotecas do Ministério da Cultura da Espanha.

CAPA E PROJETO GRÁFICO
Victor Burton

EDITORAÇÃO ELETRÔNICA
Ana Paula Brandão

TRADUÇÃO
Luis Reyes Gil

TRATAMENTO DE TEXTO
Rodrigo Lacerda

REVISÃO
Cecilia Giannetti
Michelle Strzoda

PRODUÇÃO EDITORIAL
Casa da Palavra

ASSISTENTE EDITORIAL
Renata Arouca

A tradução do texto *Dom Quixote* I (pag. 5) foi retirada de:
Cervantes Saavedra, Miguel de. *O engenhoso fidalgo D. Quixote de La Mancha – primeiro livro*;
    tradução de Sérgio Molina; São Paulo: Ed. 34, 2002.

CIP-BRASIL. CATALOGAÇÃO NA FONTE
SINDICATO NACIONAL DO EDITORES DE LIVROS, RJ.

G745sb

   Goytisolo, Juan, 1931-

   As semanas do jardim : um círculo de leitores / Juan Goytisolo ; Luis Reyes Gil, tradução. - Rio
de Janeiro : Agir, 2005

   Tradução de: *Las semanas del jardín : un círculo de lectores*
   ISBN 85-220-0697-0

   1. Romance espanhol. I. Gil, Luis Reyes. II. Título.

05-2605   CDD 863
                                          CDU 821.134.2-3

18.08.05   17.08.05   011285

"[...] O estalajadeiro se chegou ao padre e lhe entregou uns papéis, dizendo-lhe que os achara num bolso daquela maleta onde se achou a *Novela do Curioso impertinente*, e que, como seu dono nunca mais voltara por ali, podia levá-los todos, pois, como ele não sabia ler, não os queria. O padre lhe agradeceu os papéis e, abrindo-os em seguida, viu que no começo do escrito dizia: *Novela de Rinconete e Cortadillo,* donde entendeu ser alguma novela e coligiu que, como a do *Curioso impertinente* era boa, essa outra também o seria, pois talvez fossem as duas de um mesmo autor [...]"

CERVANTES, *Dom Quixote* I, capítulo XLVII.

"A nenhum poeta, a nenhum artista, qualquer que seja sua arte, lhe é dado alcançar significado por si só. O que ele significa, o modo de apreciá-lo, é a consideração de seus vínculos com os poetas e artistas mortos. Não pode ser avaliado sozinho; é preciso situá-lo, para fins de comparação e contraste, entre os mortos."

T. S. ELIOT, *Tradition and Individual Talent*.

Primeira Semana

Alef
13

Bá
17

Tá
21

Tsá
25

Yim
29

Há
33

Já
37

Dal
41

Dzal
45

Segunda Semana

RÁ
53

ZÁ
63

SIN
67

CHIN
73

SAD
79

DAD
83

T'A
87

DZÁ
93

AIN
99

RAIN
107

Terceira Semana

FÁ
115

QAF
121

KAF
127

LAM
131

MIM
137

NUN
143

H'A
147

WAU
151

YÁ
153

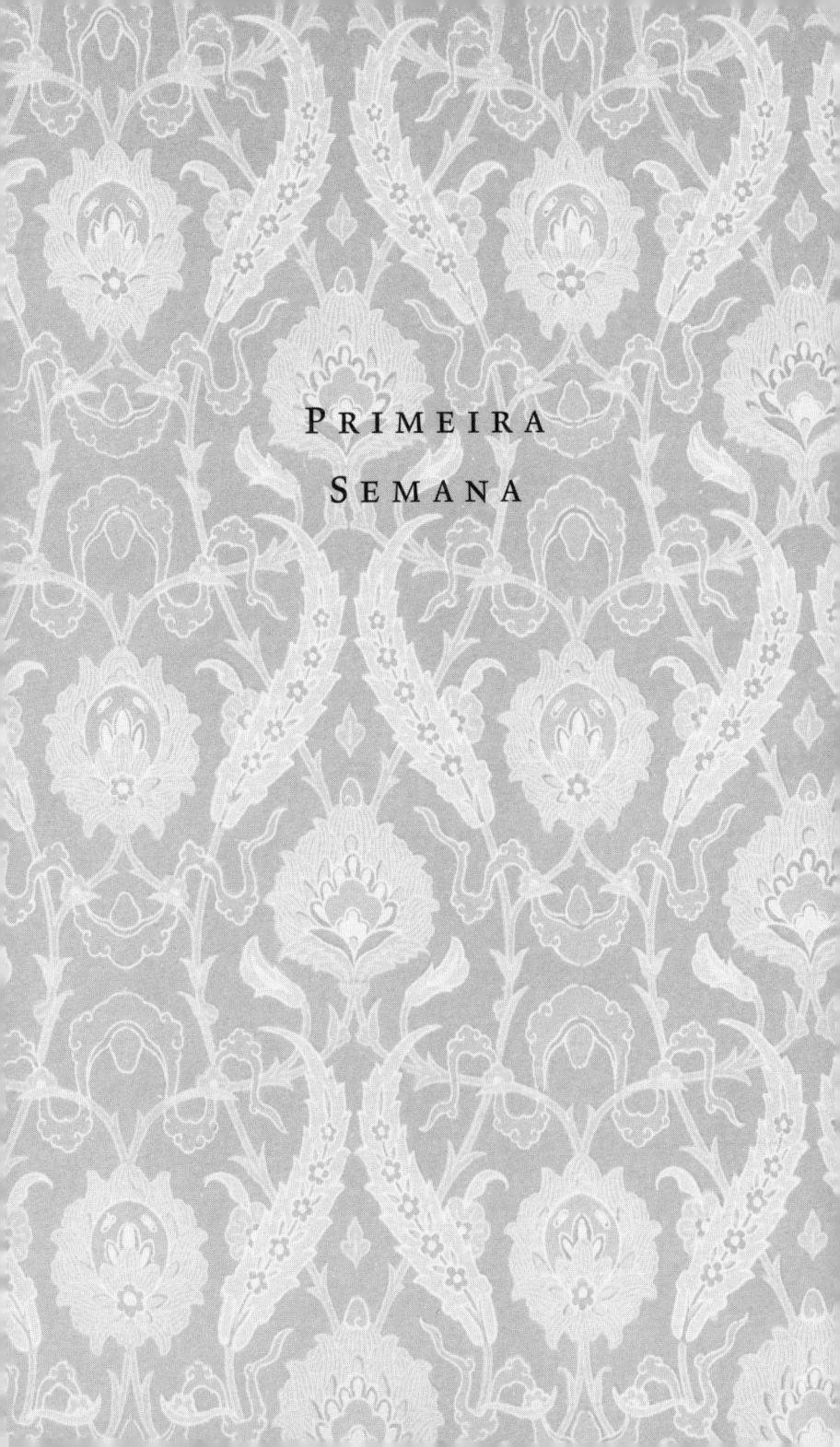

Primeira Semana

ALEF

A partir da breve resenha de uma obra cujo autor não quero lembrar, na qual se relata a descoberta, numa mala sem dono, de duas coleções de poemas de índole muito diversa, atribuídos sem prova alguma a Eusebio***, internado por determinação da sua família no Centro Psiquiátrico Militar de Melilla, no início da rebelião de julho de 36, centro este do qual se evadiu, segundo uma versão, com a ajuda de um soldado rifenho, ou no qual, conforme outra, sofreu os "cursos de reeducação" de alguns psiquiatras fascistas, nós, um grupo de leitores ativos e apaixonados de uma cidade de província, decidimos escrever um romance coletivo em torno da elusiva história do poeta, congregados no intervalo de três semanas na benignidade veranil de um cultivado e ameno jardim.

As origens, profissões, interesses e idéias políticas dos membros do Círculo compunham quase uma rosa-dos-ventos. Figuravam entre eles jornalistas, cinéfilos, autores bisonhos, alunos de oficinas de criação espanholas e norte-americanas, sociólogos, advogados, etnólogos, um licenciado em língua e literatura árabe, uma estudiosa da linguagem de Quevedo, dois leitores assíduos de Ibn Arabi e de outros autores místicos e esotéricos. Um deles, devoto da seita hurufi, influenciada pela Cabala e pelas teorias de Pitágoras, demonstrou sua interpretação numérica do alfabeto arábico e sua relação com o rosto humano para impor o dobro das catorze letras que o compõem, isto é, vinte e oito – tantas quanto os caracteres do alefato[1] – ao número de coleitores do Círculo: deveríamos ser vinte e oito, nem um a mais, nem um a menos, secretário-escrivão e recompilador da bibliografia consultada incluídos. Alguns de nós havíamos acompanhado as peripécias da extrema esquerda desde o marxismo-leninismo de pura cepa até uma acracia inofensiva e utópica, a maioria declarava-se apolítica e um simpatizava com os ideais e as diretrizes da ultradireita. Feministas da fibra de Kate Millet e da senhora Lewin-Strauss teriam com razão censurado, se a tivessem conhecido, a constituição do grupo: apenas quatro mulheres o integravam.

Os gostos literários diferiam igualmente e abarcavam uma ampla gama de escolas: do realismo tradicional ou condutivo ao conto onírico e fantástico. Alguns assumiam a enunciação do relato, outros empregavam a terceira pessoa gramatical. O personagem de Eusebio era visto geralmente de fora, algumas vezes de dentro e outras, à margem ou aludido de passagem. O projeto comum baseava-se na demolição sistemática da entidade prescindível do romancista, em sua alegre e liberadora suplantação.

Os coleitores se propunham a eliminar certa noção opressiva e onipresente do Autor: cada qual podia intervir no relato com inteira liberdade, seja seguindo o fio do exposto pelo seu predecessor, seja desautorizando-o e emendando-lhe a página. O Círculo cifrava sua ambição na mistura criativa de propostas e opções, na passagem de um capítulo a outro, através de fronteiras móveis e incertas. Nas reuniões anteriores à confecção do romance, percebemos a existência de duas correntes opostas: uma pretendia traçar em linha reta, ou em ziguezague, a continuação da história, construindo o personagem por meio de guinadas; outra se inclinava para um tipo de narração ramificada, com digressões e alternativas que, a partir de um tronco central, engendravam relatos autônomos ou encaixados entre si.

Os defensores da primeira sustentaram a hipótese da "reeducação" de Eusebio pelos psiquiatras eugenistas do Movimento, para quem o marxismo era fruto de uma degeneração psicossexual; os da segunda aventuraram-se nas dunas da suposta fuga e dos rastros confusos de sua vida ulterior.

Nosso jardim cervantino, com seus canteiros e maços de flores, era também o de Borges: caminhos e bifurcações, avanços e ramificações, paradas e retrocessos. Isso originava tensões e inclusive incidentes entre os coleitores, mas a paixão literária que nos unia acabava por se impor sobre qualquer outra consideração. Depois de vivas discussões, fixamos por sorteio a ordem de intervenção dos participantes, alternamos as hipóteses e agrupamos a leitura pública dos relatos para as sextas-feiras de três semanas: nove ou dez coleitores por noitada.

Dessa maneira que nosso Círculo criou estas Semanas do jardim, com respeito absoluto à inventividade de todos os seus membros. Embora os diferentes esquemas e a educação literária díspar dos narradores suscitassem uma poderosa corrente centrífuga, a convenção temática de se ater ao personagem de Eusebio funcionava de contrapeso. Como secretário e anônimo escrivão do Círculo – oculto meu nome para que, nas palavras de um clássico, "os detratores, não sabendo a quem detratam, possam melhor saciar suas más línguas" –, meu papel reduziu-se à estruturação daquilo que algum crítico de vanguarda chamaria de "hipertexto", de acordo com a relação nominal de leituras em nossas reuniões estivais no jardim.

---

1. Neologismo para indicar o alfabeto árabe: diante da impropriedade de chamá-lo de alfabeto (não tem as letras alfa nem beta), sua primeira letra "alef" foi usada para criar "alefato". (N. T.)

BÁ

A imagem o atormentava e não conseguia desprender-se dela: o cárcere em que os infectados pela peste vermelha, amontoados num galpão sem luz natural, cumpriam o rito vespertino do acorrentamento. Enquanto alguns permaneciam dia e noite amarrados à parede pelos grilhões da coleira que os prendia, os demais punham-na em volta do pescoço e a fechavam, esperando sua vez de travá-la às argolas de uma grossa corrente comunitária: nela, cada um prendia sua coleira e passava os grilhões para o vizinho, e assim até o final. Mas o cacho humano às vezes se agitava com movimentos frenéticos e os guardas então garantiam o sossego da desarticulada centopéia com travas e algemas suplementares. O capelão do exército e um oficial velavam pela boa ordem da operação: reza coletiva do Pai-Nosso, apagar as lâmpadas anêmicas, ferrolho brusco no portão.

Vivera realmente aquela cena? Ou era um simples pesadelo, fruto dos duvidosos calmantes que lhe administravam? Depois de sonhos e convulsões, enlanguescia, introspectivo e absorto, totalmente alheio à vida, agasalhado no silêncio e na escuridão do lugar. Evocava em flashes visões fulgurantes, incertas: invocações fortes, queixas uivadas, súplicas vãs ao pessoal. Não sabia quem era, nem o que fazia, nem onde estava. Uma baba espumosa escorria-lhe pelo canto dos lábios, como ao seu vizinho de cela? Sua crise teria sido tão violenta a ponto de justificar as algemas e as grilhetas que contemplava fixamente, com olhar oblíquo, quase horizontal? Horas e horas de estupor, afundado em insegurança, devolvido à proteção do claustro materno, mas temeroso de sua brutal expulsão. Teria urinado como outras vezes, sem perceber, e sofreria a reprimenda e os insultos do enfermeiro? Quando será que este iria irromper na negrura da cela – pois era isso, uma cela –, submetendo-o à rude terapêutica prescrita pela direção? Que possibilidades tinha de acessar seu prontuário médico e conhecer a evolução de seu estado? Seus desvios ideológico-sexuais teriam cura, como afirmara de modo taxativo o amo e senhor do estabelecimento?

Os toques da corneta do quartel misturavam-se aos ecos amortecidos que aumentavam sua inquietude: marchas patrióticas, charanga alvoroçada, hino da Legião. O que teria acontecido para além dos muros desde sua internação? Por que não podia se comunicar com sua irmã e nem dela recebia notícias? Teria o levante se estendido à península ou permaneceria circunscrito às praças militares da África? Os pronunciamentos radiofônicos, que às vezes vazavam do corredor, apontavam para a existência de uma guerra sangrenta, liricamente descrita por seus promotores em termos de Cruzada. Se os sublevados conseguissem seu intento, qual seria a sorte de Federico, Manolo e Concha, Luis, Emilio, de todos os amigos? Receberiam um tratamento de favor similar ao seu, ou seriam fuzilados, como a maioria, de forma sumária?

Perguntas e mais perguntas se debatiam em sua cabeça nos momentos de lucidez, quando diminuía o efeito dos sedativos. Mas logo recaía na modorra; as fossas de dor insuportável, o alcance dos gritos proferidos por alguém que talvez fosse ele mesmo: alucinações de masmorras e fila de presos, disparos de execuções inumeráveis, cadáveres empilhados em valas comuns, uivo rouco de animais degolados no matadouro.

Rostos impregnados de ódio, clamores contra a sarna vermelha, militares arrogantes, missais, mantilhas, braços erguidos, boinas falangistas, sinhozinhos fanfarrões com revólver no coldre apareciam e desapareciam de seus pesadelos, povoavam fugazmente a cela minúscula, vagavam fantasmagóricos na penumbra, aparafusavam-se ao seu leito de enfermo.

Foram semanas ou meses?

Um dia soltaram as amarras que o prendiam à cama, descerraram as cortinas, autorizaram-no a levantar e olhar pela janela. A enfermaria ocupava uma das alas do segundo andar do sólido quartel: alguns recrutas iam e vinham em ócio atarefado, perfilavam-se à passagem de galões e estrelas, transmitiam atribuições aos sentinelas, ficavam de papo com os majores ou no agitado vestíbulo. As folhas de um plátano solitário amarelavam: o verão ficara para trás.

De sua estreita abertura para o mundo lá fora, permanecia atento a tudo o que acontecia: o espaço se reduzia a um pátio quadrado de regulamentar monotonia. Numa de suas contemplações absortas, fixou o olhar num dos soldados de plantão e uma emoção intensa quase o embargou: seu amigo do Tabor,[2] o do bigode selvagem, estava em posição de sentido, com a culatra do mosquetão apoiada no solo. A lembrança de seus encontros no estúdio emprestado pelo amante de Federico lhe aqueceu o coração: a realidade anterior não fora abolida; ainda podia, como a uma bóia, agarrar-se a ela. A proximidade do rapaz mandava-o de volta a um passado recente e, não obstante, remoto, à atmosfera noturna de seus encontros no ambiente íntimo do pintor: no mesmo plano, deitado com seu cachimbo de *quif*[3] no divã, disposto a gozar o coito com sua sábia mistura de força, ímpeto e suavidade.

Sempre que podia, grudava o nariz no vidro e espiava as horas de serviço do antigo ordenança de seu cunhado, razão primordial de sua imprudente viagem a Melilla nas vésperas do previsível e temido levante. Chorava, a contragosto, chorava. Como indicar a ele sua presença sem atrair a atenção dos enfermeiros e nem ser objeto de novos castigos e represálias? Teriam os discretos pedidos de ajuda lhe revelado seu confinamento ou, informado por outros meios, aguardava a ocasião favorável para ajudá-lo? O certo é que, aproveitando a atividade ou o descuido dos demais soldados, ou então a troca de turno dos sentinelas, mandava-lhe beijos dissimuladamente, acariciava-se com insistência, como um sinal de promessa, o seu santo dos santos.

Quanto tempo durou aquela brincadeira de mudos entre ele e o áscari[4]? O tempo transcorria ao mesmo tempo leve e insuportável. A impotência o condenava à dissimulação: agüentava sem chiar doloridas injeções e poções amargas, fingia calma e serenidade, manifestava um humilde respeito ao capelão e ao pessoal médico. Seu amigo lhe havia mostrado um pedaço de corda e compreendeu que o convidava a descer por ela. A partir de então, empregava todo o tempo disponível em soltar, sem quebrá-lo, o vidro de um dos vãos da janela, cuja tranca, por precaução, fora inutilizada com maçarico. Contava os dias e as noites à espera do aviso de sua liberação. Ele – o tímido, o trêmulo, o retraído – sentia-se cheio de energia e coragem. Quando captou finalmente o sinal combinado, removeu com cuidado o vidro, agarrou o gancho da corda lançada do pátio com pontaria certeira, prendeu-o à tranca e deslizou até o chão.

Eram três da madrugada e o outro sentinela roncava bêbado depois de ingerir a garrafa de anis que lhe fora presenteada por seu companheiro de guarda. Depois, tudo aconteceu com rapidez, de acordo com previsões e planos bem meditados: seu disfarce de mulher rifenha;[5] a exibição da carteira militar nos comandos da estrada; a fuga pelos campos, por trilhas e atalhos familiares ao seu salvador, até a zona francesa do Protetorado.

2. Unidade de tropas regulares marroquinas do exército espanhol. (N. T.)
3. Haxixe. (N. T.)
4. Soldado marroquino. (N. T.)
5. Procedente de Rife, região montanhosa do Marrocos. (N. T.)

TÁ

Eu ou o outro?

Você o via de fora, grilhetas nos pés e amarrado ao seu catre por correias de modo a prevenir uma possível tentativa de suicídio ou fuga da sala de torturas hospitalar, das violentas sacudidas, do expiatório tratamento das descargas de eletricidade.

Quanto tempo você permanecera inconsciente, recuperando-se dos eletrochoques prescritos pelo médico após a leitura atenta de seu quadro clínico?: "Personalidade esquizóide, influenciada por agentes patogênicos tanto físicos quanto psíquicos, propenso a delírios e utopias sociais coletivistas, impulsos feminóides propiciados por leituras e ambientes nocivos encaminhados para uma aberta inversão sexual".

Teria você gritado de dor, lançado uivos de fera ferida, como o paciente do quarto contíguo, quando entraram em ação as correntes aplicadas ao seu corpo inerme?

Você entrevia, pela fenda das pálpebras semicerradas, as paredes da odiosa cela ornadas tão-somente pelo crucifixo e por uma imagem da Virgem do Pilar, a mobília reduzida ao criado-mudo, uma cadeira, a cama com o termômetro e uma baciazinha para seus vômitos e dejeções que uma enfermeira inexpressiva e misteriosa se encarregava de esvaziar.

Mergulhado em profunda letargia, você tentava recapitular em vão, distinguir a noite do dia, chegar a um cálculo aproximado do tempo, prever com surda apreensão a visita do médico, as palestras educativas do capelão, os preparativos para a nova e brutal sessão de cura.

Seria você uma vítima dos que pregam o ódio, querem arruinar os fundamentos da nação e da família, dos que incitam bestiais festins eróticos e fomentam a depravação e a confusão de sexos, movidos como peças de xadrez pela internacional moscovita, zelosa propagadora da inversão e da libertinagem segundo uma estratégia de dissolução moral friamente concebida?

Tudo obedece a uma solidariedade liberal-comunista contra os valores e dogmas legados por nossos antepassados de estirpe limpa! Cantos de sereia marxistas tentam introduzir entre nós idéias estrangeiras, semear a cizânia no campo da fé robusta, pintar com cores róseas o cosmopolitismo apátrida, aplainar o terreno para a tirania rude das turbas sedentas de sangue. Os frouxos e vacilantes como você deixam-se enganar pelo farisaísmo e pelas mentiras dos renegados, eunucos azanhistas[6] e judeus franco-maçons: caem e são arrastados para o vórtice da degradação mais infame. Você é poeta, disseram-me: poderia ter louvado o sopro ardente de Deus, a sarça profética, o nobre solar da pátria, a mulher casta e digna, o sulco fecundo e a espiga, a beleza e a sublimidade do eterno. Mas foi induzido a pecar por essa quadrilha de traidores e mercenários da escrita que, amedrontados, buscam refúgio no estrangeiro, no regaço de seus preceptores de meia-tigela, ou clamam e vociferam sua charanga radiofônica pelas ondas da canalha vermelha. Sua poesia é feito musa ao contrário, musa perineal dos invertidos, versos cobertos pela areia da feiúra e do deserto, algazarra demagógica sem hálito poético, vulgaridade borbulhante de furúnculos, gozos contra a natureza, prazeres proibidos... Escute, Eusebio, o sofrimento purifica e redime. A alma já não lhe dói: apenas o corpo, a carne lacerada. Reze, reze, suplique ao Senhor: alquebra-me ainda mais, faze de mim o que quiserdes! Que minha dor seja infinita e eu sinta o peso da tua cólera na minha cabeça! Se compartilho um átomo de teus padecimentos, aumenta-os e aquieta meus gemidos!

Você o via sentado à cabeceira do seu duplo, um dia e outro e mais outro, antes e depois dos eletrochoques, tenaz e severo, seu rosto havia se apagado da sua memória, mas não as mãos compridas, ossudas, de unhas toscas e sujas, de perturbadora grosseria.

Quanto havia durado a fase inicial do tratamento?

Você não dispunha do socorro do calendário, perdera a noção do tempo, angústia esgotamento torpor repetiam seus ciclos, sua família se perdia num horizonte distante, você não tinha passado, ignorava quem era. Uma vez, ouviu a toadinha de *Rocío, ay mi Rocío*,[7] cantada talvez no corredor por uma faxineira, e tudo que parecia aflorou de chofre à superfície da lembrança, você desatou a chorar de modo incontido, ouvindo de novo a voz do gramofone misturada com a da sua irmã, os dois no salão da espaçosa vila do bairro militar, às vésperas dos acontecimentos, tudo havia sido arrancado de você no obscuro transcurso de uma trama que você não havia escrito, mas aquelas lágrimas lhe pertenciam, ninguém, absolutamente ninguém poderia arrancá-las de você!

Venha doutor!, ele não pára de soluçar e de gritar, fica se revirando na camisa-de-força, quer se soltar das amarras, será necessário lhe dar um calmante.

Logo se apoderou de você o esquecimento, você voltou a emudecer, a ficar dócil, já não lhe davam mais eletrochoques, e permanecia indiferente numa espécie de limbo, alheio a tudo que o rodeava, com a vista cravada nos grilhões presos aos tornozelos.

Irreal, entre brumas, divisava o rosto do capelão do exército, sua boina e sua medalha, o crucifixo de prata preso no peito, alegre-se, Eusebio, afaste sua angústia e volte à vida! levante, mexa os lábios, cante a misericórdia divina! sua aflição chegou aos pés do Senhor e o comoveu!, um dia, logo, logo, você estará totalmente curado, será felizmente outro, e os poemas que se espremerem em seu coração e lutarem para se expressar enaltecerão a glória de Deus e a grandeza da pátria, o firme timão do Chefe e o sacrifício dos caídos, a vitória final da nossa chamejante espada!

Você não sabe o quanto durou o eclipse dos sentidos. Ao despertar, estava em outro aposento, no Centro Médico de Reabilitação, junto ao camarada Basilio.

6. Partidários de Manuel Azaña, intelectual e político espanhol republicano, sucessivamente ministro da Guerra, primeiro-ministro e presidente. (N. T.)
7. "Orvalho, ai meu orvalho." (N. T.)

TSÁ

Minhas primeiras investigações sobre o paradeiro de Eusebio*** e o áscari que o acompanhou na fuga não deram resultado. Em conseqüência das vicissitudes do levante militar, ao qual aderiu a maioria dos diplomatas e funcionários do consulado espanhol de Casablanca, do qual depende a medina de Marraquesh, os arquivos desapareceram ou foram destruídos. O que foi reconstituído mais tarde, após o desembarque americano e a passagem do Protetorado xarife para o regaço gaullista, está infelizmente incompleto e só inclui dados dos cidadãos que se apresentaram para se registrar no consulado ou entraram em contato com ele. Em nenhum dos dossiês conservados relativos ao período 1943-1955 foi achada menção ao seu nome, do que deduzo que viveu nesses anos como refugiado ou apátrida. Meus trâmites posteriores junto à exígua colônia de seus compatriotas estabelecidos na cidade durante o último meio século, tampouco trouxeram nenhuma luz. Ninguém com seus sobrenomes ou características se relacionou com eles, nem lhes parecia sequer terem ouvido falar.

Quando já não tinha mais esperança de esclarecer o mistério que envolve a etapa final de sua vida, uma conversa com meu bom amigo, o farmacêutico Abú Ayub, orientou-me para o bom caminho. Um octogenário francês que às vezes o visita – ex-professor do Centro Cultural de seu país e tradutor de poemas do amazigue – contou-lhe em uma ocasião suas lembranças de um espanhol que conviveu durante vinte anos com um tal de Beni Snasen numa modesta casa do bairro de Kennaria. Seu perfil correspondia em tudo ao do poeta que o senhor procura, e, depois de uma série de conversas telefônicas e encontros malogrados, consegui entrevistá-lo na sua casinha-jardim de Gueliz, com a grade e a fachada rósea cobertas e quase asfixiadas pela bulimia das trepadeiras floridas.

"Se minhas lembranças são fiéis", disse *Monsieur* M. L., "um espanhol chamado Eusebio instalou-se por essa data numa ruazinha de Riad Zitún Al Xadid, perto daquela onde minha falecida esposa e eu morávamos. Era um homem de uns quarenta anos, pequeno e frágil, vestido pobremente e educado, apesar de sua natureza reservada e de seus hábitos solitários. Dividia dois ou três quartos de um edifício humilde com um lenhador e carvoeiro, ex-soldado do Terço[8] espanhol, cuja robusta compleição muscular, rosto curtido, de traços violentos, criavam uma impressão de dureza agravada pela negrura e espessura do bigode: um indivíduo tosco, mal-encarado e rústico, de quem todos tinham medo.

"Embora de início o tomássemos por seu criado, logo compreendemos que não: mais que seu amante, Eusebio parecia seu servidor. Ele, abstêmio e respeitador da lei maometana, ia comprar garrafas de vinho para o amigo no escritório de bebidas do argelino do arco de Riad Zitun, junto à ermida do santo. Também cuidava das tarefas domésticas e das compras no mercado, onde trocava saudações com os nativos, misturando seu francês entorpecido com o recém-adquirido dialeto. Seu amigo ia e voltava com o carro cheio de lenha e alimentava com ela o forno de carvão, cujo produto vendia por arrobas depois de pesá-lo numa velha romana.

"A singularidade de suas relações tinha atraído no início a atenção do bairro, mas, diferentemente do que ocorre na Europa, aqui as pessoas falam de tudo e não se escandalizam com nada. Os vizinhos já estavam acostumados com os gritos e insultos do áscari, a que Eusebio nunca respondia. O ruído de vozes, golpes, chicotadas, gemidos, prolongava-se às vezes até meia-noite e, embora o poeta não escondesse seus machucados e tivesse sofrido mais de uma vez fraturas em suas costelas, ele não expressava jamais qualquer queixa, nem aludia àqueles contínuos maus-tratos.

"Corriam boatos de que se convertera ao Islã e se enfiava sorrateiramente a rezar na mesquita, silencioso e afastado dos demais. Seu trajar descuidado e o cafetã com que se agasalhava contra o frio confundiam os estranhos. Ao cabo de alguns anos de estadia na medina, nenhum forasteiro ou desconhecido o tomava mais por *nesrani*.[9]

"No dia em que morreu e fui com outros colegas ao velório, o áscari, habitualmente tão mal-encarado e bravo, chorava de desconsolo e proclamava com veemência sua santidade: tudo o que fazia da porta para fora – comprar vinho e até fingir que bebia – obedecia ao seu afã de dominar o orgulho e manter o ideal de perfeição secreto. Ele mesmo ordenava os castigos e os suportava em silêncio, assimilava as chicotadas com expressão de arroubo, beijava feliz a mão que o oprimia. Nos últimos tempos, quase não comia e prolongava seus jejuns até ficar extenuado. Seguia ao pé da letra os preceitos de Sidi Ben Slimán Al Yazuli sobre os indicadores das graças proféticas. Não queria vestir nada além de roupas esfarrapadas e distribuía suas escassas moedas entre anciãos e mulheres mais necessitados que ele. A renúncia aos bens materiais constituía sua meta; a pobreza, sua única honraria.

"Foi sepultado conforme o rito muçulmano numa colina perto do Ued Nfis e, segundo ouvi dizer de um jovem amazigue, seu sepulcro é visitado há algum tempo pelas mulheres dos aduares[10] vizinhos, ansiosas para obter sua *baraca*:[11] uma tumba branca, sem qualquer inscrição, enfeitada com os ex-votos e as fitinhas amarradas dos fiéis. A do seu companheiro, morto pouco depois de pena, encontra-se ao lado da sua."

Isso foi o quanto pude averiguar dele e de sua "estadia" de retiro e ocultamento.

Monsieur M. L. – cujo relato gravei e traduzi fielmente – ignora totalmente se continuou cultivando a poesia e se os versos que hoje lhe são atribuídos são ou não obra sua.

"Aqui", explicou, "os santos deixam com freqüência discípulos que adotam seu nome e aderem à sua cadeia iniciática. A poesia *sufi*, como o romanceiro de seu país, é fruto em grande parte de uma elaboração coletiva. As *casidas*[12] de Sidi Abderramã Al Maxdub pertencem hoje à totalidade do povo que as recita".

Lamento não ter reunido mais elementos a respeito de Eusebio*** e não dispor da possibilidade de cotejar os apresentados por meu informante com outros mais precisos.

Em T., onde fui visitar o sepulcro, os moradores não sabiam muito sobre ele: foi, me disseram, um *nesrani* que se converteu à sua crença e assumiu a vida ascética dos *hedaua* e outras confrarias representativas da piedade popular. Suas origens são também objeto de controvérsia: para alguns, era proveniente de Garnata ou Granada; para outros, era francês. Apenas numa coisa estão de acordo: graças à sua intercessão carismática, as mulheres estéreis obtêm, como em Mulay Brahim, o dom da fecundidade.

Mas, ao concluir a presente ata, devo dizer que minhas indagações não esclarecem o enigma que nos é proposto. Deixo a meus coleitores do Círculo a tarefa de decifrar com as suas o destino deste poeta tragado pela voragem da nossa desapiedada guerra civil.

---

8. Batalhão do exército. (N. T.)
9. Estrangeiro, não muçulmano em geral. (N. T.)
10. Povoação móvel mourisca. (N. T.)
11. No Marrocos, dom divino atribuído aos xarifes, príncipes descendentes de Maomé, ou morábitos, guias espirituais muçulmanos, e que eles transmitem acreditando ser uma bênção. (N. T.)
12. Composições poéticas arábicas e pérsicas, curtas e de assunto quase sempre amoroso, com rima única. (N. T.)

YIM

SONHOU

estava no posto de fronteira de Beni Enzar, em poder dos sublevados, tentando subornar um cabo de esquadra, ex-ordenança do seu cunhado, a fim de passar para o outro lado e eludir as estações da via-crúcis para a execução sumária, para o "passeio" ritual

fugia de uma cidade enlouquecida pelo clamor dos alto-falantes e o despregar de bandeiras, dos caminhões apinhados de soldados e civis com o braço erguido, por cenas de caça e captura dos fiéis ao governo e possíveis simpatizantes republicanos, por palavras de ordem vingadoras e panfletos incitando à vigilância patriótica e à delação a notícia do golpe que estava sendo tramado o havia pego longe do âmbito protetor do seu cunhado e de sua irmã, no estúdio de um pintor amigo onde costumava ir para escrever seus versos e resenhas literárias ou para dormir com algum nativo do Tabor

patrulhas, comandos, postos de controle cortavam o caminho para seu único local de asilo, sinhozinhos falangistas de automóvel ovacionavam os generais traidores no meio da multidão, o ódio e rancor acumulados afloravam nos rostos vociferantes que farejavam a presa e exigiam sangue

vivas a Franco, Mola, Sanjurjo, à Legião e ao Exército, morte a Azaña e à canalha vermelha, Deus está conosco, vamos arrasá-los, limparemos a Espanha desta chusma, restauraremos sua grandeza imperial e unidade católica!

e depois

voz rouca de um oficial fanfarrão e meio embriagado, alto!, quem foi que deixou entrar aqui essa tranqueira, não estão vendo que é dos da casca amarga? colaborador escancarado da imprensa marxista e atéia, vermelho, veado e poeta, não estão percebendo?, vem cá, boneca, e deixa de frescura, vou te deixar de cara nova de tanta porrada, você não merece sequer o fuzilamento, o paredão é coisa pra homem e você não é, seu malandro filho-da-puta, cu arrombado!

empurrões, cusparadas, insultos enquanto invocava aos gritos o seu cunhado, repetia seu nome e patente, tenente-coronel do Regimento de Sapadores, ferido três vezes no Rife, companheiro de armas de Franco!

(teria se mexido durante o sonho? o pesadelo prosseguia embora em outra esfera)

o capelão do hospital militar não se mostrava como de hábito severo e compassivo, de acordo com as pautas de Basilio, mas sim glacial e implacável, todo arestas e ângulos, com hábitos de monge ou inquisidor recortados a tesouradas, fustigando com dureza seus desvios e vícios, o Vício, particularmente odioso a Deus e seus anjos, responsável além disso, como em outras épocas, pela funesta decadência nacional, pela ruína da Espanha

lia para ele em voz grave, como uma ata de acusação, o cânone III do XVI Concílio de Toledo, celebrado no ano 693, às vésperas da invasão sarracena:

"Assim como este horrendo e abominável crime conduziu em passados tempos os sodomitas ao seu abrasamento pelo fogo chovido do céu, conduzirá também aqueles que o cometam, homens com homens, contra a natureza, às chamas da condenação eterna".

tinha que repeti-lo, memorizá-lo, dar graças a Deus pela intervenção providencial que lhe salvara a vida e evitado o inferno, submeter-se docilmente às provas que lhe arrancariam o vício do corpo, eletrochoques associados a imagens indutivas, manietado e preso por correias ao leito, rude terapia indispensável à cura e ao esquecimento, vontade de renascer, ser outro, alma regenerada pelas provocações do sofrimento, modelo de virtude e patriotismo, digno dos que morreram por Deus e pela Espanha, de seu nobre e abnegado exemplo

examinava com os olhos esbugalhados e recoberto de baba as paredes nuas do quarto onde permanecia acorrentado depois das descargas elétricas, capturado em sua cela como um judeu nas garras da Inquisição

gritava, quase uivava, o nome-talismã de Basilio

acordou suarento e frio para descobrir que seu apartamento vizinho à Sierpes havia se convertido numa jaula da qual não podia escapar

HÁ

Ao conhecer as razões da minha visita a Marraquesh e o objeto da pesquisa, minha querida amiga Madame S. evocou um solitário cujo sotaque arrevesado denunciava claramente sua origem peninsular, talvez levantina.[13] Vivera durante anos numa casinha do bairro da Alcazaba, em companhia de um nativo que correspondia em tudo ao sujeito da narração. O suposto Eusebio era um homem discreto, econômico nas palavras e de acesso difícil: não mantinha relação alguma com a colônia européia, e Madame S., atraída por sua fama de sábio e por sua existência ascética, apesar dos reiterados convites que fazia, jamais conseguira arrastá-lo ao seu restaurante. A única vez que ousou aproximar-se do seu domicílio de Derb Chtuka, portadora de uma carta de confusas indicações que chegara ao seu estabelecimento depois de dar voltas e mais voltas, segundo o carteiro, por toda a cidade, o recluso demorou vários minutos para atender à premência de seus toques de campainha – "está, está", lhe confiara um vizinho, "sempre se faz de rogado" – e, depois de abrir a tranca, apareceu vestido como os nativos, sem convidá-la a cruzar, com a sua cominatória mudez, os limites sagrados do umbral. Inclinou-se para pegar a missiva com visível repugnância e lhe disse, adivinhe o senhor o que lhe disse, ela anotou na hora a fim de não esquecer e copiou depois no seu livro-caixa, disse-lhe, sim, exatamente, "procura meu rastro e não encontrarás senão as marcas dos teus pés", tal como estou contando, antes de se inclinar de novo, rasgar a carta em mil pedaços e fechar a porta no nariz dela com refinada e cruel suavidade. Assim mesmo, *ma pauvre amie*, sem tirar nem pôr, deixando-me plantada no meio da ruela enquanto os garotinhos se apoderavam dos pedacinhos da remota e bem rodada mensagem, disputando entre si os restos numa feroz arrebatinha. Esse era o Eusebio que tanto me fascinava, o escondido que nos mantinha a distância, arisco e bicho-do-mato na sua casinha da Alcazaba, guardião zeloso da sua intimidade.

Tornara-se muçulmano, suspirava Madame S., os vizinhos diziam que ia à mesquita ao raiar da alvorada e, graças a tais indiscrições, o dinheiro solta as línguas, soube que permanecia nela depois das preces canônicas, como se mergulhado, me contou um verdureiro, marido de uma das minhas empregadas, num oceano de perplexidade.

O serviçal nativo, taciturno e inexpugnável como o amo, seguia-o como uma sombra dentro e fora de casa; parecia roçar o chão com suas babuchas, sem nele plantar os pés. Com freqüência era visto carregado dos livros e manuscritos antigos que Eusebio lia e relia até o sono lhe render e o grumo do candeeiro se esgotar. Que livros?, perguntei ao meu confidente de Derb Chtuka. Obras de sábios, poetas e santos, o dia inteiro abismado neles, absorto no âmbito do enigma e seus véus. Plana, levita e volta à terra, escuta a música das esferas, nem mais teme perder nem espera ganhar.

Eu transcrevia cuidadosamente tudo quanto dizia, estimulava-o na prática do segredar e uma vez o vi chegando com um recatado sorriso, com um peixe capturado na redinha, o canto de um cartão manuscrito, recolhido por ele como uma relíquia milagreira, Madame S., umas palavras de seu punho e letra como recompensa por sua longa espera, pela espreita tenaz cuja chave não conseguia decifrar, escrito em esmerada língua *nesrani*, tudo pelo modesto preço de alguns *ryals*.

Era um poema em inglês, talvez traduzido, que passei imediatamente a um dos meus clientes, um erudito londrino, licenciado em letras hispânicas, que leu e releu, *then my bones, decayed, love you in the dust,*[14] e depois em castelhano, *polvo serán mas polvo enamorado,*[15] isso citado de memória, me esclareceu, um profundo e belíssimo poema quevediano, mas, quem diabos tinha imitado quem?, e com a amostra escrita em seu relicário correu para ver um livreiro alfaqui de Bab Ksur, grande conhecedor de histórias, lendas e poesias, e, ao voltar, seu rosto resplandecia, envolto em filológica auréola sibilina, como um especialista nas artes da falconatria com sua presa e sua ave. Identificara o autor sem esclarecer o enigma, nenhuma possibilidade razoável de intelecção, mas sim uma aleatória convergência amorosa e mística, como poderia um poeta dos tempos de Quevedo inspirar-se na obra desconhecida de Shibli?

Foi assim que pude bisbilhotar suas leituras, penetrar na opacidade de sua vida antes que falecesse o fiel e eloqüente criado nativo e o inapreensível objeto de minhas pesquisas fosse enterrá-lo num *alfoz*[16] de Tahanaut, para onde aliás se mudou pouco depois, no intuito de ficar junto à sua sepultura, na mesma aldeia em que foi a senhora visitá-lo, sirva-se de mais um chá, por favor, gostaria de uns docinhos?, tenho uns maravilhosos chifres de gazela, preparados com esmero pela minha cozinheira.

Madame S. me examinava navegando em ansiedade, submisso do oráculo das minhas palavras, sem perceber que ao soltar a língua eu inventava e mentia para ela, receosa de compartilhar minha experiência antes de plasmá-la por escrito, cada macaco no seu galho, sua agitação acabava me deixando sufocada.

Como descrever o efeito de minha aproximação daquele velho pequeno e puro, de barba limpa e quase arrumada, emoldurado pelo aspecto sombrio e apertado de seu decadente moinho de azeite, totalmente alheio ao mundo que o rodeava, enclaustrado entre quatro paredes de pedra, com suas esquálidas ocupações e um rústico forninho de carvão? Era nossa realidade uma simples metáfora num insignificante território da existência eterna? Isso foi o que consegui pensar enquanto ele se encastelava no silêncio, sentado no andar térreo e com a vista fixa num ponto situado às minhas costas, como se ignorasse minha presença ou minha total inconsistência lhe permitisse ver através de mim.

Você é você e eu sou eu, disse.

(Eu olhava o capuz fino e esbelto de seu cafetã, em perfeita simetria com a barbicha de seu queixo.)

Você é eu e eu sou você.

(Ele me olhava fixo, com a íris como pérolas engastadas em vidro.)

Você não é eu e eu não sou você.

(Eu o olhava sem tirar os olhos de cima dele, imantada pelo fulgor de suas pupilas.)

Eu não sou você e você não é eu.

(Sentia que seu olhar me esmiuçava, reduzindo-me a um tufo de pêlos.)

Você não é você e não é outra coisa a não ser você.

(Seu olhar me condenava à extinção, sem retorno possível à contingência efêmera.)

Permanecemos horas dias semanas calados e imóveis.

As aranhas balançavam-se nos cantos do lagar, circulavam formigas por suas paredes altas, as crianças feriam a calma exterior com a sonora leveza de seus gritos. Só o sussurro das abelhas mantinha o rigor nodular do círculo que nos encapsulava, assegurava sua morosa continuidade.

Depois o velho ficou em pé, dando por encerrada a entrevista.

Quem me viu, não me viu, disse.

Eu me desprendi do brilho de suas pupilas e abandonei o sonho. Tinha lido tudo aquilo em Ibn Arabi. Mas como dizer isso à boa Madame S.?

---

13. Relativa ao Levante, nome dado na Espanha às regiões de Valência e Múrcia, que ficam a leste na península Ibérica. (N. T.)
14. "Então meus ossos decompostos a amam no pó."
15. "Pó serão, mas serão pó enamorado."
16. Subúrbio. (N. T.)

JÁ

"Você é Eugenio Asensio, nasceu de novo, trocou o nome e, para o bem da Espanha, também a sua anterior e desencaminhada personalidade." O camarada Basilio sorria-lhe com o aprumo e a firmeza que lhe outorgavam seu cargo. Vestia o uniforme da Falange: boina vermelha, botas, camisa azul com o jugo e as flechas. Convocara-o até seu escritório e, pela primeira vez desde os acontecimentos anteriores, alguém se dirigia a ele, se não afetuosa, pelo menos cordialmente.

"A intervenção do seu cunhado salvou-o por um fio de ir para a cova: você estava na lista de vermelhos que deviam ser fuzilados. Sua irmã, a coitada, chorava como uma destrambelhada, suplicava e suplicava até que o marido cedeu. Foi quando tiraram você da garagem onde estava espremido com os destinados a dar o passeio, algemado e de olhos vendados para despistar o oficial da guarda que não estava no jogo. Você nem imagina os estratagemas a que recorreram e quantas dificuldades enfrentaram os amigos da sua família para tirar você de Melilla são e salvo, trazendo-o até aqui. Com isso evitaram que tivesse a sorte de Federico, afinal de contas um bom rapaz, enganado como você pelos politiqueiros e intelectuais ressentidos e estéreis a soldo da Anti-Espanha. Agora está em porto seguro e vamos cumprir o combinado. Esqueça totalmente quem você foi, sua vergonhosa inclinação a mouros e brutamontes, más amizades, idéias torcidas. Meus camaradas e eu cuidaremos daqui em diante para que você seja um homem íntegro, vista o uniforme expressivo de nosso afã ecumênico e combativo, fortaleça seu corpo e espírito, abrace os valores consubstanciais à pátria, forjada à custa do sacrifício e do sangue dos mártires. Olhe sua nova documentação: as datas não mudaram, mas o lugar de origem sim. Você nasceu nas Canárias, com o Movimento Salvador. Seu nome é Eugenio Asensio García. Eugenio, porque, como escreve uma das luminares de nosso pensamento, no rigor e na lucidez que a caracterizam, o saneamento e a regeneração eugênica de um povo exigem que se atue sobre a totalidade de seus indivíduos, a fim de criar uma casta etnicamente melhorada, moralmente robusta, vigorosa na alma. Uma eugenia que libere os seres estragados de suas taras e os devolva, mediante adequada higiene física e mental, à incubadora que os fará germinar e florescer como num viveiro, encouraçados contra a corrupção do meio ambiente, no depósito sagrado dos princípios que alentam a nossa Cruzada.

"Sei o quanto significa para você cortar os laços com uma pessoa da qualidade e capacidade amorosa de sua irmã. Ela chora também, apesar de sentir-se feliz e agradecida ao marido. Jurou-lhe que não tentaria entrar em contato com você, eu cuidarei de informá-la sobre seus passos no caminho da cura. Agora você viverá entre homens, chefes e quadros da Falange, decididos a modelar suas vidas conforme o exemplo de seu Fundador. Aqui não cabem escrúpulos de consciência de *ladies* inglesas e nem carolices: você não está num convento de ursulinas. A afetação dos beatos e hipócritas não combina conosco. Nossa vida é obediência, disciplina, milícia: militarização da escola, da universidade, da fábrica, da oficina, de todos os segmentos sociais. Não procuramos recompensa alguma, nem a Laureada[17] nem a Medalha de Sofrimento pela Pátria. A hierarquia funda-se no mérito, na abnegação e no arrojo a serviço da Espanha. Junto a mim, a Veremundo e aos chefes do batalhão, você aprenderá as virtudes viris, o anseio de perfeição dos filósofos gregos e artistas germanos. Na hora de trabalhar e cumprir, trabalhar e cumprir com toda a disposição; na hora de se divertir, farra e cerveja clara, divertir-se e dar satisfação ao corpo. Não vamos obrigá-lo a sair com putas se você ainda vacilar e o trato com elas o deixar assustado. Mas aos poucos iremos lhe inculcando gostos e sonhos nobres. A camaradagem entre varões exclui toda forma de hipocrisia.

"Abandone as leituras malsãs e mergulhe na prosa forte de José Antonio, nos ensaios de Ramiro de Maeztu, Onésimo Redondo e Ledesma Ramos. É preciso escolher entre o abismo e o cume, a anarquia e o ideal renascentista do poeta-soldado. Seus mentores boêmio-intelectualóides difundem uma arte onanista e castrada: o desenho abstrato, o drama do adultério, a poesia efeminada e piegas, a novela que incita à luta de classes. Frutos insípidos ou malcheirosos que se desmancham nas mãos feito maçãs podres. Quem se descuida da verdade e recusa a seiva da nossa essência perde a beleza, inverte a escala de valores, destrói sua obra, malgasta o engenho, amarga sua vida.

"Aqui tenho uma carta de sua irmã, e por sua admirável generosidade e a grandeza de alma que a inspira, abrirei uma exceção ao regulamento e lerei um parágrafo: 'Diga-lhe que procure ser feliz e se adaptar a seu novo estado. Eu o guardo presente na lembrança, mas compreendo sua necessidade de refazer a vida longe de mim. A gratidão que devo a Deus e a meu marido compensa a dor de sua ausência. Queira o Senhor que chegue a vê-lo no dia em que a paz reinar e eu possa apertá-lo, como na sua infância, entre meus braços!'"

Basilio arquivou a carta no seu dossiê e, depois de um meditativo silêncio, convidou-o a se endireitar na cadeira e a olhar com ele pela janela: uma centúria de rapazes bem-apessoados e enérgicos, de porte airoso e aspecto sadio, executavam o passo marcialmente de acordo com o apito e as ordens de Veremundo, um dois, um dois, direita, esquerda, meia-volta, alto, para finalmente perfilar-se e entoar o "Cara ao sol" antes de romper as fileiras e dispersar-se pelo pátio alegres e buliçosos, com uma espontaneidade e camaradagem que lhe aqueceram o coração.

17. Nome popular da Condecoração Crul de São Fernando. (N. T.)

DAL

Era preciso estudar a valiosa coleção de cartões-postais de Félix, surrados e amarelados, com imagens de um tempo desvanecido e uma medina em plena efervescência: as obras de construção da cidade nova, de avenidas amplas e palmeiras raquíticas; os cafés freqüentados pela oficialidade e pelos administradores civis do Protetorado; a inauguração da Igreja Católica de Gueliz, com a presença de bispos e dignitários, o restaurante ao ar livre do desaparecido hotel Victoria. Ou as estampas de cor sépia da invariável, ritual vida nativa: ruelas estreitas, figuras sonolentas, artesãos humildes, ofícios arcaicos. A Praça, como sempre, captada na sua continuidade essencial e inúmeros disfarces: agência dos Correios e Telégrafos, o flamante Banco estatal, hotéis para europeus, os primeiros ônibus e Renaults conversíveis, a agitação dos carros de praça, velozes artefatos de duas rodas, objetos de assombro e admiração. A silhueta tênue da Kutubia, com sua torrinha, cúpula e bolas douradas, vista dos descampados ao fundo ou do terraço panorâmico do hotel de France. Também o tumulto e o tráfego de seu espaço central: tendas de comida e refrescos, charretes com animais e arreios, adivinhos, aguadeiros, curandeiros, ágeis dançarinos *gnaua*, curiosos em perpétuo passeio, corriolas adoradoras de deuses pagão e de feraz versatilidade.

Entre os maços de postais esquadrinhados na pequena livraria de Bab Ksur, um, muito particularmente, chamara sua atenção: no primeiro plano, um mendigo, envolto num cafetã puído e sentado com seu bordão no chão. Estendia o pratinho a alguns transeuntes sugeridos apenas por suas babuchas rústicas e pela maciça robustez de calcanhares e pernas. Sua barba parecia cuidada e usava óculos – algo raro naqueles tempos –, mas não foi esta conjunção de detalhes, na verdade notável, que mais o confundiu, e sim o perfil regular do nariz e os lábios finos, nitidamente europeus.

Por acaso poderia ser Eusebio?

Madame S. apressou-se a apeá-lo de suas fantasias levianas: os últimos postais de Félix datavam no máximo do começo dos anos 1930: seu autor morrera ou largara o ofício antes da chegada dos espanhóis fugitivos da guerra e de sua instalação na cidade velha e em Gueliz.

Sentado com um grupo de amigos dela no terraço do Renaissance, contava-lhes de suas investigações fracassadas no cemitério de Tanahaut: encontrara sem dificuldade o sepulcro do *nesrani* tido por santo, investido com o dom da fertilidade e disputado por mulheres estéreis ao longo do ano; mas, após numerosas consultas e conciliábulos com os velhos, chegara à conclusão de que não era ele. Tratava-se na realidade de um francês, cabo da tropa de Lyautey, vizinho do povoado durante mais de duas décadas, companheiro de cama e mesa de um carvoeiro, e converso ao Islã. Seu nome e sobrenome também não coincidiam, como verificou nos arquivos: o enterrado ali quarenta anos antes é um homônimo – ou precursor? – de Jean Genet!

Depois subiu até os pequenos cemitérios das colinas da vertente oposta, visitou ermidas de marabus e sussurrantes *zagüías*,[18] rastreia o paradeiro de um companheiro sepultado em nossa terra, diziam os aldeãos na sua língua, é nobre e de bom coração, distribui esmolas e oferendas, alguns queriam aproveitar-se de sua liberalidade e orientavam-no para pistas quiméricas, conheciam a tumba de um *miliyi* ou melilhense, provavelmente a que ele procurava, o defunto, Deus tenha piedade de sua alma, viveu num assentamento agrícola de Hauz e depois junto ao pântano de Ued Nfis, um dos senhores engenheiros que construíam a represa e ocupavam as casinhas à beira da estrada, solteiro, sim senhor, e ainda por cima amigado com um rifenho, seu túmulo ficava na periferia do povoado, um simples montinho de pedras caiadas, ele mesmo dispusera assim no seu testamento, o criado falecera um pouco antes e não tinha herdeiros, a tumba estava quase sumida, mas ele se lembrava perfeitamente do lugar e podia levá-lo até lá se assim o desejasse.

Aceitou escalar, apesar de seu ceticismo, até um cemitério silvestre e abandonado no alto de um monte vizinho à foz do rio, com vistas magníficas das fraldas e cordilheiras do Atlas, da avassaladora majestade do Tubkal. O relato bem-alinhavado do cicerone parecia coerente; mas, como diabos provar que aquela era a autêntica sepultura?

Receios e dúvidas agravados, disse, pelo fato de existir outra tumba, localizada por um novo guia a poucos quilômetros de Asni, a de um *miliyi* ou melilhense muito santo a quem ainda se encomendavam os anciãos, de origem *nesrani*, cavalheiro, enterrado também com seu empregado no alto de um cerro no *alfoz* vizinho.

Deixou-se escolher ainda por meia dúzia de aldeãos, atraídos por sua aura gorjeteira, até outro espaço agreste coberto de mato e ervas daninhas, uns vinte túmulos sem inscrição alguma, o que procurava era justamente o último, ao pé de uma figueira, aqui o chamávamos o do melilhense e seu fiel serviçal, Deus tenha misericórdia deles e os guarde ao Seu lado.

"Se estou entendendo bem, seu poeta descansa em duas tumbas diferentes", observou Madame S., com uma ponta de zombaria, quando concluiu o relato.

"O fato não teria nada de surpreendente", disse um dos participantes da tertúlia que o escutara em silêncio. "Eu diria inclusive que me parece normal."

Aproveitando a atenção criada por suas palavras, tirou um cartão de visitas do bolso e mostrou-lhe suas credenciais de erudito e cronista da cidade.

"Meu nome é Hamid e minhas iniciais figuram na página 141 da novela cujo único exemplar, desaparecido com a mala que o continha, tentam construir laboriosamente os senhores e seus amigos, leitores e sócios do Círculo. Sou, como vê, um personagem de ficção, aludido tão-somente de passagem e carente de traços físicos!" (Desatou a rir).

"Na minha correspondência de alguns anos com o colega de uma cidade sitiada, eu evocava justamente o tema: a multiplicidade de tumbas de um mesmo marabu é minha especialidade favorita! Suponho que o senhor conhece as antigas lendas gregas e egípcias. Pois bem, no que tange ao Magreb, os desdobramentos remontam à época em que aparecem os santos. Há um sepulcro de Lela Mimuna no Garb, a vinte quilômetros de Suk el Arbáa, e outro no vale de Tafert. Sidi Yahya Ben Yunes jaz nos arredores de Uxda, mas descansa também nos subúrbios de Argel. Como, segundo a lenda, desfrutava do milagroso dom de voar e levitar pelos ares, esta alternância de moradas é para mim comum e corriqueira!"

Ele anotava tudo o que dizia na sua agenda e, quando os garçons começaram a empilhar as mesas vazias e o grupo viu-se obrigado a se dispersar, despediu-se dos demais participantes da tertúlia e voltou de táxi para seu hoteleco nas proximidades de Riad Zitun. Antes de deitar acrescentou umas reflexões de sua autoria a respeito das bifurcações e arborescências da lenda. Pensava compor um relato minucioso da pesquisa para distribuí-lo, na sua volta, aos demais leitores do Círculo. Por isso, seu assombro e consternação foram imensos ao verificar, logo ao acordar, que a tinta do diário havia se apagado e suas páginas estavam em branco, desesperadamente vazias.

Obra maliciosa de um gênio travesso, ou malfeitoria promovida por Madame S. no seu afã de açambarcar para si a memória do morto e redigir depois, de surpresa, uma biografia oportunista e mendaz?

18. No Marrocos, espécie de ermida onde se aloja a tumba de um santo. (N. T.)

DZAL

Sevilha, 3 de maio de 1937, Segundo Ano Triunfal.

Faz dias que te devo esta carta, conforme o combinado quando – graças à tua preciosa e fraternal assessoria e à de teus colegas entregues de corpo e alma à causa – me deste alta no Serviço Médico de Reabilitação. Quisera que comprovasses pessoalmente minha cura, a magnitude e profundidade da mudança. Lembro-me de tuas palavras ditas com aquela voz bem timbrada e a convicção galharda que tanto contribuíram para me tirar do poço em que sem remédio me afundava: "Tua entrada nos cuidados do doutor V. N. há de marcar um limite divisório entre as duas partes da tua vida, de modo que ao sair não só tenhas mudado de nome mas de alma, uma alma ressuscitada e aberta aos ideais do Movimento Salvador". Espero que em tua passagem por esta te sintas orgulhoso de mim, meças os progressos que tenho feito no caminho que me traçaste. Não preciso te dizer o quando tenho saudades de nossas conversas, aquela sentida piedade tua em relação ao ser desencaminhado e enfermo que eu era então, a incrível solicitude com que atendeste meu caso no dia em que meu cunhado me forjou uma identidade nova e me pôs em tuas mãos, evitando o merecido fuzilamento. Recrio-te em minha imaginação sorridente, envolto em teu belo uniforme, como te vi no último dia, com tua camisa azul, braços erguidos, cabelo revolto, oferecendo-me inapreciáveis conselhos no austero escritório presidido pela foto do Ausente em que costumavas me receber durante minha longa catarse.

Aqui temos vivido uma temporada inesquecível. Um firmamento tão azul, tão limpo, que se poderia dizer quase branco de puro celeste. Terra absoluta e céu absoluto, conjugados num acorde musical, teológico e claro. Magnífico o desfile de nossos moços, surgidos como campos de trigo da entranha heróica e abundante da Pátria: com as cabeças erguidas e o passo firme, imbuídos dos valores sacrossantos da Cruzada, acatando com gestos impassíveis a lição magistral do destino. Foram instantes perfeitos: vontade de Império nas bandeiras e de sacrifício nos hinos. Evocava o poema que me recitaste, gravado para a eternidade na minha memória:

Os pássaros ruivos não temem a morte,
a rondam cingidos de místico amor,
a procuram em sonhos, altiva a fronte,
pelo céu antigo da nossa dor.

A exibição aguerrida e louçã, cheia de ímpeto vital, daqueles milhares e milhares de jovens embebia o ambiente de uma singular luminosidade, de um sentido moral compartilhado e unânime. A multidão aglomerada nas calçadas levantava também os ânimos. Ao lado das modestas roupas dos trabalhadores os ternos de linho e os chapéus de palha ficavam ainda mais brancos; rostos morenos, curtidos pelo sol, misturavam-se aos dos voluntários alemãs, de olhos de criança e alma de titã. Com o peito cheio de medalhas, um oficial a cavalo fazia soar o chocalho marcial das esporas. Desfilavam também alguns da tua idade, a mando de outros mais jovens dos agrupamentos e irmandades. Que bem fazia o brio e o vigor das esquadras, escutar as vozes fervorosas, olhar as bandeiras despregadas, "rosa do tempo e brasa de luzeiros, a juventude da Espanha"! Lembrei-me também de Veremundo, angélico e viril meteoro de músculos e disciplina sem mácula. Teria gostado de vê-los aqui, desfrutando comigo essas imagens indeléveis. Que alento de plenitude, de graça exaltadora arejou-me a fronte no jubiloso entardecer de verão suave!

Agora compreendo, querido Basilio, o quanto me dizias sobre a essência poética da dialética de punhos e pistolas na defesa da fé, da nação e da raça. Sim, nosso lugar é ao ar livre, na noite serena, arma ao ombro e, no alto, sempre velando, o fulgor das constelações, Via Láctea, Caminho de Santiago. É preciso eliminar, como tu dizes, todos os resíduos do acanalhamento e da resignação que nos enlameiam a alma, a plebeidade espiritual judeu-maçônica e a sarna internacional do comunismo ateu. Também memorizei o texto do teu amigo psiquiatra, que tão bem se portou comigo e com tanto empenho se esforçou para me salvar: "Necessitamos hoje modificar o crânio – a mentalidade – dos espanhóis: esse crânio democratizado, liberalizado, afrancesado e europeizado por três séculos de degeneração craniana: e para modificar uma cabeça, nada melhor do que metê-la na forma, na forma tenaz, sublimemente fanática de nossa boina". Assim, se o vires, não deixes de cumprimentá-lo de minha parte e agradecer-lhe.

Queria que tivesses visto os heróis do Terço, nobremente galhardos, em fileiras compactas, entoando o Hino! Entusiasmava sua postura vertical, rígida, vigilante. Marchavam erguidos, sonhadores, risonhos, com o brilho impecável de suas botas e cintos. Depois assisti à sua dispersão festiva, ao final da parada, pelos bares de ninfas e copos. Era preciso ouvir os galanteios às namoradas de nossa alegre e brava Legião!

Observarás que não digo nada sobre os mouros. Também desfilaram com os nossos, mas evitei olhar para eles de acordo com teus preceitos, para não recair num passado que deploro e do qual tu, Veremundo e vossos colegas do Centro me resgatastes. Também cortei minha antiga relação de amizade com o marquês de A***, sua amante impertinente e maldita corriola: seus requebros e poses de rainha aconselham, por elementar prudência, manter-me a distância. Não compreendo como a nova ordem nacional e patriótica tolera essas atitudes impróprias dos tempos esforçados e ascéticos que vivemos.

Agora estou saindo para tomar café com uma enfermeira de família carlista e madrinha de guerra de dois soldados. Trocamos confidências e finjo cortejá-la. Leio para ela poemas de minha nova safra e outros da imprensa do Levante:

Com cravos de seu cabelo,
as vinte e cinco morenas,
sobre teu peito nu,
bordam o jugo e as flechas.

A verdade é que não passo disso: outro dia andávamos juntos pelo parque de María Luisa e numa hora ela se aconchegou a mim, mas eu não sabia o que fazer com os braços, então continuei com os galanteios poéticos e a deixei na porta do hospital triste e decepcionada.

E tu? Por onde andas, que fazes, quem tens visto, que doces colombinas seduzes? Fala-me também tu do teu trabalho, do novo ponto de destino. Não sabes o quanto invejo o ar que ali respiras.

Eu leio, redijo alguns quartetos, sinto falta da tua proximidade, restauro as perdidas forças. Embebo-me na leitura da recente antologia publicada pela livraria Santaren de Valladolid, em seus poemas patrióticos, tão poderosamente raciais. Enviei um ao editor, mas o livro já estava no prelo e não puderam incluí-lo. Recebi, como consolo, o magnífico poema de José María Alfaro:

Como um vento de sangue levantado
entre os gritos que a morte ordena
como a pauta que o amor serena
entre a fúria do viver forçado.
Como um bosque de luz e arco alçado
nos umbrais que a vida encena,
foste, donzel da Espanha, com tua pena,
redentor, arquiteto e monte airado.
Viste, ao partir, mais alta a bandeira;
te dobraste à luz da tua presença;
não há anjo que ignore de teu coração o batimento.
Fértil fizeste eterna primavera
e entre o rumor que clama com tua ausência
não haverá onde habite teu esquecimento.

Que extraordinário alento e maestria! Com penas como a dele nossa literatura logo renascerá de suas cinzas.

Escreve-me, não deixes de me escrever, tu sabes a alegria que sempre, a todo momento, me dá receber tua voz, seja ela cordial ou séria, conforme te saia do coração.

Põe algumas linhas a minha irmã, para tranqüilizá-la e dizer-lhe que me encontro bem na minha nova pele e vivo feliz com ela, aclimatado neste lugar fecundo e belo. Nas presentes circunstâncias prefiro não lhe dar sinais de vida e avivar assim as feridas que causei quando ainda era outro.

Assinatura ilegível

Segunda Semana

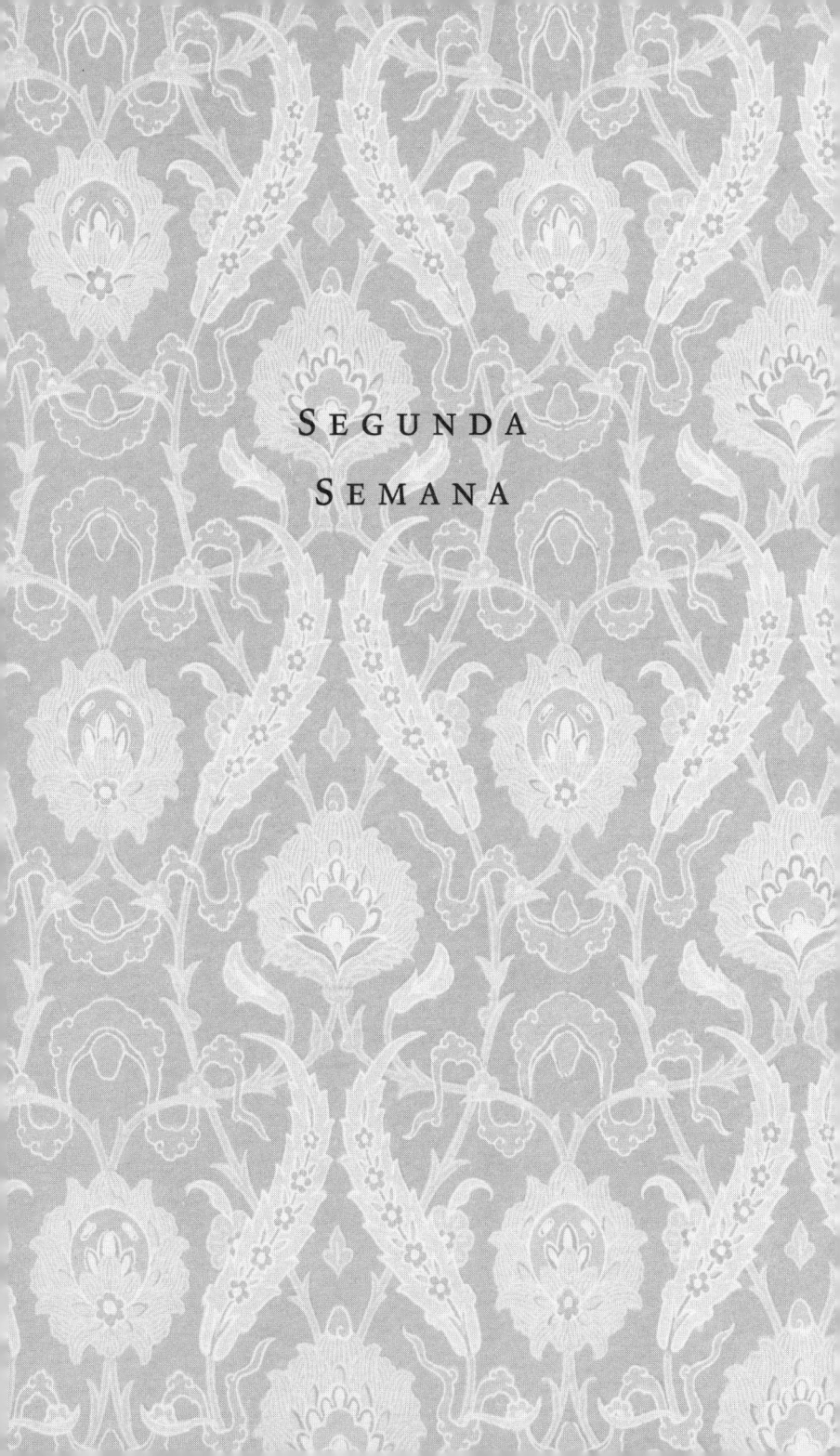

RÁ

A COZINHEIRA DO PAXÁ

As lendas em torno da cozinheira de Madame S. não tinham parado de crescer e multiplicar-se desde o mesmo dia em que a contratou. As circunstâncias do encontro, que alguns anciãos piedosos não hesitavam em qualificar como iniciático, prestavam-se de saída a debates e dúvidas. Teria a encontrado, como sustentavam alguns, de mão beijada, numa das vagabundagens da abastada viúva pelos mercadinhos de marreteiros quando, sentada ao sol com um mostruário de plantas medicinais, aguardava um providencial cliente, fofa e suave como uma grande e luminosa nuvenzona? Teria se apresentando em pessoa à sua futura benfeitora, opulenta e bem composta como uma soberana do Mali, com a fotografia meio apagada, surrada, feita vinte anos antes, em companhia do então poderoso e temido paxá? Posteriormente correu a versão, difundida no círculo de amizades de Madame S., de que sua descoberta foi fruto de um sonho desta, no qual a viu avançar, investida de diáfana majestade, em meio aos bastões dos cegos e sininhos dos aguadeiros, no alarido e confusão da Praça: ao parecer, cercava sua cabeça uma luz sobrenatural, e ela navegava sobre o alcatrão pegajoso e gorduroso com a leveza de um cisne no espelho d'água.

A própria interessada não avalizava nem desmentia nenhuma das versões: tudo havia sido obra de Deus, dizia. Ele guia lá de cima nossos passos e decide nossa sorte.

Conforme aumentava sua fama e a notoriedade da sua mão santa, alcançava uma dimensão internacional (*trois étoiles* no Guia Michelin), o mutismo sobre o fabuloso passado se entrincheirava e aguerria como um inexpugnável bastião. Teria sido, como se murmurava, a única serva de confiança do paxá, a ponto de este recusar todo alimento e bebida, por deliciosos que fossem, que não tivessem sido preparados por ela? Levava-a junto nas viagens e visitas a seus castelos do Atlas, com o séquito de cortesãos, criados e áscaris, encomendava-lhe a seleção da donzela que devia avivar com sua presença o frio leito nupcial? Teria acompanhado-o de aeroplano – sim, de aeroplano! – à metrópole, em alguma das manifestações de lealdade inquebrantável do amo às defuntas autoridades coloniais? Quem a instruíra nos arcanos de sua arte incomparável, que uma vez possuídos e aprimorados se negava a compartilhar com a cáfila de prebostes, furriéis e ajudantes de cozinha da intendência do paxá?

Seu eclipse de vários anos, após a desgraça e a morte do amo, permanecia envolto numa névoa escura como sua pele e adensava o enigma que a envolvia. O lapso entre aquelas e sua reaparição fulgurante no pequeno porém seleto restaurante de Madame S. favorecia toda sorte de conjeturas. Teria sido injustamente castigada por sua fidelidade ao dono e conhecera as agruras e a tristeza de uma pobreza extrema? Teria prosseguido solitária, como os ascetas das confrarias que freqüentava, aperfeiçoando seus segredos? Sua assentada condição de donzela –

"nunca ninguém me fez cair nesse conto" – não era contestada por nenhuma das línguas retráteis que contra ela se agitavam: não se lhe conheceu varão nem a escória dos mais jactanciosos rufiões alegava tê-la servido. "Inteira irei embora deste mundo, inteira como nasci", dizia em resposta às perguntas de Madame S., com seu francês maltrapilho e sua esfarrapada entonação, amorosamente cultivada. Solteira, sem família nem amigos de confiança, vivia numa ruela próxima a Bab Dukala que só deixava pelos fogões do restaurante ou para as visitas às *zagüías* e tumbas dos sete patronos da medina, a solicitar uma *baraca* que com toda certeza lhe era concedida. Se não, como explicar as novas e saborosas receitas que continuamente inventava?

A data e o lugar do seu nascimento eram igualmente objeto de discussão: nem a própria Madame S., ao tentar preencher os formulários enviados pela Administração, conseguira surrupiar-lhe uma informação verídica, nem mesmo aproximativa. "Minha mãe me pariu na montanha, sem ajuda de ninguém, faz muitos, muitíssimos anos." "Quantos?" Ela sorria com malícia e fingia enumerar com os dedos das mãos: nem uma centopéia poderia dar conta deles, concluía; a avó viera de Tumbuktu com o exército de Al Mansur, e sua tataravó era Eva, sim, a da maçã, só que tostada e chamuscada pelo sol, como todas as africanas. Os dados que constavam da sua carteira de identidade não correspondiam a realidade alguma: "Ponha que nasci à beira da estrada", disse ao funcionário do Registro Civil na presença de Madame S. "Que estrada?" "Uma qualquer, dá na mesma uma ou outra. Minha mãe me pariu ali, e pronto." "Não lembra do ano?" E ela ostentava com gosto o teclado de seus dentes branquíssimos: "Era uma época em que os anos não andavam. Quando os franceses os trouxeram nas suas malas, junto com o nome das ruas e o número das casas, eu já corria e brincava por minha conta".

Madame S. gostava de narrar esse caso aos seus clientes, quando se desfaziam em elogios à cozinheira na hora do chá e das bandejas de docinhos e chifres de gazela. Alguns personagens de renome desejavam conhecê-la e tirar fotos com ela, mas Madame S. arranjava desculpas. A cozinheira tinha sido fotografada só uma vez na vida, com o ex-paxá da vila, e não queria ver a sua imagem reproduzida de novo. Também não aceitava aparecer no pátio e ser passeada pelos reservados laterais "como um cordeiro enfeitado para a Páscoa". "Minhas caçarolas me conhecem", repetia com um coquetismo esquivo, "elas falam por mim melhor do que minha cara feia".

Quando Madame S. a repreendeu por sua mudez no dia em que nada menos que um senhor ministro vindo de Paris foi até a cozinha para dar-lhe os parabéns, ela se encolheu de ombros com aquela dignidade que tanto impressionava a todos que a conheceram. "Não cala quem cala", disse, "só cala quem não cala". A frase, divulgada por Madame S. num jantar no consulado da França, originou uma controvérsia literária entre os eruditos, historiadores e homens devotos da cidade. Alguns atribuíam o dito a Rabiáa, a enamorada do Puro Amor; outros a Ibn Arabi, o Selo dos Santos. Mas como uma mulher analfabeta como ela conseguira aprendê-lo e assumi-lo com tão concisa e enigmática naturalidade?

Desde o começo do seu trabalho no restaurante quis deixar cada carapuça bem enfiada na respectiva cabeça: na cozinha quem mandava era ela e não admitiria intrusão alguma, nem mesmo de Madame S. "A senhora cuide dos clientes e do caixa e deixe os fogões comigo", disse-lhe. O segredo da sua arte lhe pertencia: as ajudantes curiosas que metiam o nariz onde não eram chamadas foram despedidas sem maiores considerações. "Ou elas ou eu", advertiu à Madame S., "o que está sendo guisado nas panelas me pertence". Embora submissa na aparência, Madame S. não se dava por vencida. O desejo de dominar seu segredo – aquele misterioso raio de graça, que como um dom celeste transubstanciava tudo aquilo que tocava – a invadia por dentro e às vezes parecia sufocá-la, como uma maré que sobe lentamente. Graças às confidências de suas empregadas, conhecia os ingredientes dos diferentes pratos: mas qual era a proporção exata e o ponto de cozimento preciso? Aquelas bolsinhas que pendiam do seu pescoço como escapulários ou amuletos continham a chave do mistério que zelosamente ocultava? As tentativas de comprar-lhe o segredo, com somas cada vez mais altas, se espatifaram contra a sua firmeza. Para que iria querer ela todo aquele dinheiro? O que recebia da senhora bastava e sobrava. Seus gastos eram mínimos: esmolas, oferendas aos santos, banhos na mesquita, babuchas bordadas, peças confortáveis para vestir. Nos dias de folga ia a alguma *zagüía* dos arredores da vila e rezava junto à tumba de Sidi Rahal ou à de Mulay Abdalá Ben Hsain em Tamesleht.

Embora a dona da mesquita que freqüentava, subornada por Madame S., lhe passasse uma amostra do conteúdo dos talismãs, escamoteada enquanto a cozinheira se banhava, o ansiado ingrediente – a pedra filosofal – revelou ser um pó anódino: polvilhá-lo na massa de farinha da bastela não deu resultado nenhum. O duende não estava ali, havia-se esfumado entre suas mãos. Teria sido o pressentimento ou intuição daquela inaceitável intromissão o que originou o súbito desplante da cozinheira? O dia escolhido para a sua folga não podia ter sido pior: o dia em que uma delegação de clientes chiques e exclusivos de Paris! Madame S. correra *en catastrophe* até Bab Dukala para suplicar-lhe que viesse, mas a cozinheira se manteve, como os ermitãos e santos de sua devoção, irredutível: a *baraca* a abandonara, precisava cortar o bilhete do ônibus para ir até Mulay Brahim. Deus iluminaria sua substituta na tarefa de contentar o paladar dos nobres senhores franceses! Mas a iluminação não se produziu e Madame S. engoliu a humilhação de servir-lhes um simulacro de festim: uma meia dúzia de especialidades da casa tristemente comuns e corriqueiras. As três estrelas do Guia empalideceram e se ocultaram atrás de uma espessa nuvem. Por sorte, ninguém divulgou o lance infeliz e o gastrônomo ali presente preferiu fingir que não ficara sabendo de nada. No final, disse ao expressar seu pesar, qualquer um podia, como um futebolista ou toureiro, ter uma tarde ruim.

Quando a cozinheira voltou e retomou posse de seus fogões, o duende ou a mão santa abençoou de novo o lugar. Madame S. suspirou com uma mistura de alívio e resignação. Afinal, ao tentar remexer nos segredos não estava assumindo o risco de repetir o conto da galinha dos ovos de ouro? Melhor deixar as coisas como estavam e desfrutar da graça portentosa da cozinheira, de sua inventividade renovada sem cessar, da satisfação sem falhas da clientela. A reputação do restaurante se espalhava e as reservas das escassas e cobiçadas mesas precisavam ser feitas com várias semanas de antecedência. Madame S. não permitia nenhum favorecimento: era preciso respeitar rigorosamente a vez, apenas quem constava da lista dos previdentes tinha direito a entrar. Não fazia diferença se o cliente esbaforido ou surgido de última hora fosse o embaixador dos Estados Unidos ou um conselheiro próximo de Sua Majestade. Ela sentia muitíssimo, da próxima vez teriam que tomar a elementar precaução de chamá-la e acertar a data com ela. A inexorabilidade de suas próprias regras a enchia de orgulho e afagava sua vaidade.

Mesmo assim, uma angústia difusa a corroía. O que aconteceria no dia em que a cozinheira – de idade indefinida, mas entrada em anos – caísse doente, se aposentasse, e não pudesse mais contar com ela? Teria que resignar-se à decadência e ruína do seu estabelecimento, sem tentar prever de algum modo o futuro e assegurar a sucessão? Com grande cautela abordara o tema com a interessada: a necessidade de transmitir os segredos sob pena de que se perdessem, de revelar a uma pessoa de sua confiança o segredo que tão cuidadosamente escondia. Se o rei cuidava da educação do herdeiro que havia de prolongar a glória da dinastia, por que não seguia seu sábio exemplo e aconselhava e instruía uma ajudante de sua escolha? Ela a escutava em silêncio, abanando-se com a serenidade de uma governanta diante da falação oca de suas empregadas, e respondia com o silêncio ou soltava uma de suas frases de efeito: "O rei é rei e dispõe dos bens e pessoas do seu reino. A minha parte são ninharias e coisinhas". Depois, apontando para as caçarolas e utensílios alinhados nas prateleiras e ganchos, acrescentara diante do assombro e confusão de Madame S.: "Olhe para os objetos inanimados, para todas as panelas e caçarolas e escute sua permanente glorificação de Deus".

Na verdade, a saúde da cozinheira a inquietava. Já há algum tempo, ela se movia com maior lentidão que de costume, manifestava sintomas de cansaço. Seu encanto era o de sempre, mas às vezes, nos preâmbulos de um almoço ou jantar, deixava-se cair vencida num banquinho e se limitava a vigiar com olhos semicerrados a faina de suas auxiliares e dos ajudantes de cozinha. As visitas aos santos de sua devoção e as poções de uma reputada curandeira do Mukef não pareciam surtir efeito. É o frio, dizia simplesmente, Deus nos dá saúde e nos tira, irá me devolvê-la no dia em que a Ele aprouver. Contudo, aceitava ser conduzida de automóvel pelo chofer de Madame S. e subia as escadas íngremes da sua toca com crescente dificuldade.

O "frio" que segundo ela a alquebrava não esclarecia no entanto as dores nem sua súbita perda de peso. Os médicos da Policlínica que a examinaram e radiografaram no escuro, com o peito descoberto, explicaram-lhe depois que a doença era grave e requeria uma medicação longa e difícil. Ela não entendia seu jargão de grumos espessos e só quando o enfermeiro, vizinho do seu bairro de Bab Dukala, após escutar suas preces e suspiros, lhe disse para apaziguá-la "ninguém escapa do destino", recuperou a tranqüilidade. Devia dar-lhe ouvidos e vir regularmente à Policlínica: ali receberia uns raios invisíveis trazidos pelos senhores médicos da França e recuperaria, com a graça de Deus, a boa saúde.

O tratamento – com sua posterior hospitalização – custava os olhos da cara e a cozinheira compreendeu que não poderia fazer frente às despesas. Madame S. fechara provisoriamente o restaurante "para reforma" e saiu imediatamente em sua defesa. Ela assumiria os honorários dos médicos assim como os medicamentos, a radioterapia e o quarto individual, com uma única condição: a revelação dos segredos. A cozinheira, esgotada pela cura feroz dos médicos e pelo mal que a corroía, aceitou. Iria revelá-los um por vez, por escrito, durante o tempo que durasse a enfermidade. Madame S. devia comparecer uma vez por semana com um alfaqui de sua *zagüía* favorita e ela lhe ditaria ao pé do ouvido a graça oculta de cada prato. Em francês?, perguntou Madame S. Não, na minha língua. Quando terminarmos, a senhora arrume um tradutor juramentado e ele esclarecerá tudo. Madame S. assentiu e procurou o alfaqui amigo da cozinheira. Tal como haviam combinado, a enfermeira lhe mostrava o conteúdo dos talismãs e lhe revelava seus segredos. Mas, para que estes preservassem sua eficácia e não malograssem, tinham que ser conservados bem guardados na *zebala* bordada de conchas do piedoso varão. O alfaqui, devoto de Sidi Medi, os protegeria com sua *baraca*.

A cozinheira ia consumindo-se dia a dia e seus segredos, cuidadosamente plasmados com uma caligrafia nítida, eram depositados como pérolas na caixa de bens da santidade. "Não tente descobri-los antes que eu morra", fez a advertência à sua benfeitora, "ainda falta o último e mais recôndito. Sem ele, tudo o que revelei não vale coisa alguma e perderia seu tempo e dinheiro em troca de simples cavacos e cascas".

Seria um truque dela para prolongar o tratamento e ser atendida como uma rainha pelas enfermeiras e médicos da Policlínica? Os compatriotas de Madame S., sempre desconfiados em relação aos nativos, acreditavam nisso e a preveniam contra o engano. Qual era esse Segredo dos Segredos que ninguém conseguia arrancar-lhe da boca? Em vez de se deixar enganar e obedecer suas instruções ao pé da letra, devia conseguir as receitas custodiadas pelo alfaqui, traduzi-las como Deus manda daquelas cobrinhas incompreensíveis para a língua corrente e verificar seu milagroso poder.

Madame S. navegava em dúvidas: suspirava pela posse dos segredos, mas temia as advertências da cozinheira e o risco de estragar tudo com sua impaciência e precipitação. Não obstante, os médicos da Policlínica eram formais: sua empregada estava nas últimas, apenas seus cuidados intensivos a mantinham em vida, sua passagem a um plano superior era questão de dias, se não de horas. Uma pergunta a atormentava: como conseguiria descobrir o último segredo ao alfaqui, estando ela exangue, adormecida pelos calmantes e sem um mísero fiozinho de voz?

Finalmente, a ansiedade venceu a prudência: correu até a casa do alfaqui, obteve com dádivas e manhas os envelopinhos dos segredos e entregou-os ao tradutor juramentado que desde sempre prestava seus serviços à família. Volte à tarde, ele disse, antes de anoitecer estará tudo pronto.

Os amigos e parentes de Madame S. logo mencionaram o imbróglio nas tertúlias e cafés freqüentados pelos europeus: o turgimão[19] entregou-lhe a tradução literal das revelações cifrada numa frase única, repetida conforme os casos sete, trinta e três, quarenta e nove e noventa e nove vezes, nem uma a mais, nem uma a menos. Madame S. arremeteu para lê-la, ferida ao ponto do abatimento e da incredulidade.

"Quem procura o segredo fora de si, perde a si e perde o seu segredo."

Isso era tudo?, conseguiu balbuciar.

É, tudo.

E as receitas?

Este é o seu único segredo!

Madame S. sofreu um desmaio, do qual não se refez durante dias. Isso a impediu de se unir às habituais carpideiras de Bab Dukala e assistir ao enterro da cozinheira. Cumprido o luto da quarentena, reabriu o restaurante e debruçou-se sobre os fogões. A comida ficou saborosíssima e os clientes lhe pediram como de costume que transmitisse suas felicitações à autora de tão exóticos pratos. Madame S. prometeu que o faria.

Foi assim que a cozinheira do paxá sobreviveu na sutileza e se converteu numa lenda viva. Só Madame S. conhece sua ausência e se recolhe pontualmente às sextas diante da sua tumba.

19. Ou Drogomano, intérprete das legações e consulados no Oriente. (N. T.)

ZÁ

Nas presentes circunstâncias de histeria, fanatismo e hostilização, vejo-me obrigado a intensificar as precauções, controlar as menores palavras e gestos, temeroso de que qualquer deslize ou frase impensada possam acarretar-me a insuportável humilhação do cárcere ou, no melhor dos casos, a experiência traumática de outro processo reeducativo. Constantemente me esforço para observar a mim mesmo de outro ponto de vista, o dos possíveis confidentes que me espreitam e aguardam um instante de descuido para correr com a delação aos sentinelas do novo regime político e moral. Este contínuo exercício de fingir emoções que não sinto e calar as que me sacodem com a força do desejo, com o tempo, corrói e exaure. Silenciar meus sentimentos e idéias, cobrir meu rosto com a máscara da opinião bem-pensante me parece, às vezes, um castigo pior que o "passeio" ou o paredão. A morte resulta piedosa em comparação com esse estreito, interminável assédio.

Lembro-me do dia em que, graças à intervenção de Basilio, recuperei os móveis e as caixas lacradas da minha antiga residência em Cadiz – associados a tantos momentos gratos e lembranças felizes – e o pensamento do quanto estava entesourado neles me encheu de pavor: cartas comprometedoras, fotos de inapelável sentença, poemas de obrigatória masmorra, desenhos de inquisição. Depois de fechar cuidadosamente as portas e janelas do novo apartamento, cumpri um auto-de-fé secreto, entreguei às chamas tudo quanto podia me converter, a mim, em matéria combustível de sacrifício.

Um soneto manuscrito de Lorca, cartas de Luis Cernuda, postais de Manolo e Concha, de fuzilados pela Cruzada Salvadora ou refugiados em qualquer lugar do mundo assim desapareceram para sempre, reduzidos a cinza e fumaça.

A biblioteca, esmeradamente composta desde minha época de estudante, teve a mesma sorte. Que livros poderia indultar, se a maioria de seus autores eram tachados de vermelhos e ateus, exceto os que haviam se curado e ostentavam a boina e a camisa da Falange? Todos ao fogo! Queimei-os um por um, para não chamar a atenção da vizinhança, sempre à espreita, segundo percebi em seguida, de minhas palavras e atos. Uma noite, aventurei-me nas ruas com um saco de provas acusatórias e, tremendo de medo, atirei-as no rio. Comprara alguns discos de marchas militares e hinos e, com a janela aberta, colocava-os na antiga vitrola de corda, simulando desfrutar sem trégua da audição do "Oriamendi" e do "Cara ao sol".

Da porta para fora, nos cafés ou nos escritórios da Imprensa e Propaganda onde me apresentei com a recomendação de Veremundo e Basilio, comentava com a mesma dose de entusiasmo o conteúdo dos participantes da guerra, as ofensivas sempre vitoriosas contra os traidores da pátria. Oferecia-lhes meus poemas e artigos, com diatribes contra a besta vermelha e ditirambos à Cruzada, sem conseguir não obstante dissipar a atmosfera de suspeita que me envolvia. Quanto mais palpável era esta, maiores eram meus esforços para sustentar o personagem de converso e minha inatacável normalidade.

Nos escritórios e ante-salas oficiais, não deixava de galantear as secretárias e procurava ser visto com elas em lugares públicos. Inventava para mim namoradas ausentes. Uma tarde em que convidei até minha casa uma chefe da Assistência Social, debrucei-me com ela na sacada e consegui que todo o edifício nos observasse. Alguém espalhara boatos a respeito de mim e meu passado: os vizinhos do andar me vigiavam e até abriam a porta se algum mensageiro ou vendedor a domicílio apertava minha campainha, lembrando-me a cada passo da precariedade do meu *status* em tempos de vertical saudação e imperial linguagem, nos quais a menor manifestação de discordância ou conduta anômala era julgada subversiva e digna de punição.

(A poucos metros do meu portão, quase na esquina da Sierpes, reunia-se meia dúzia de ativistas, madrinhas de guerra que, ao me ver, interrompiam os trabalhos de tricô e fofocavam sobre meu anormal solteirismo e duvidosa fidelidade ao Movimento. Embora vestisse quase sempre a camisa azul com o jugo de flechas e apregoasse aos quatro ventos minha devoção à memória de José Antonio, nada desarmava sua atitude precavida e renitente condenação.)

Qualquer habitante daquela cidade de mil e um olhos poderia ser meu verdugo. Lembro-me do dia em que, ao ouvir em voz baixa meu antigo nome, o coração disparou no meu peito e quase desmaiei de susto. Mas não era um delator nem um agente do Sim, mas um ex-jornalista sobrevivente como eu, assíduo nos meios teatrais freqüentados por Federico, a quem não via desde a fatídica viagem a Melilla e o cataclismo do Levante. Me disse "que bom ver você vivo" e na mesma hora acelerou o ritmo de seus passos, para dobrar na primeira travessa e perder-se a toda pressa no trânsito.

As bruscas irrupções de Eusebio na minha vida, junto com a emoção e pânico que ocasionavam, introduziam uma preciosa rajada de oxigênio na asfixia diária: essa luta desigual contra uma hidra de infinitas cabeças, o feroz sufrágio universal dos capangas e sua coorte invisível de espiões. Apesar dos meus rasgos de normalidade e adesão à nova ordem, reiterados nas cartas que enviava a Basilio, minha "cura" era falsa: os velhos demônios sepultados no mais fundo de mim palpitavam de vida e afloravam prontamente na putridez das águas com violência cega e irreprimível.

Uma noite, à saída de uma assembléia na Delegação Provincial de Imprensa e Propaganda, enquanto atravessava os jardins desertos da Exposição de 29 a caminho do meu bairro, notei entre as sombras a presença de um áscari dos Regulares, parrudo e atraente, com bigode em ponta. Segui-o sem vacilar até umas moitas espessas e caí de joelhos enquanto se desabotoava e me oferecia a rigidez do seu mastro: "Enérgico oficial de artilharia nefanda". Impossível descrever a plenitude da emoção, a simbiose de medo e prazer, o tremor da genuflexão entre seus joelhos, o fervor dos lábios e oscilação da cabeça – com a boina ainda posta! – em torno da vara grossa e levantada. Nunca vivi nem reviverei um instante assim. A clandestinidade do ato, o perigo que corria, a efêmera atmosfera noturna do encontro precipitavam a intensidade do gozo num abismo ou despenhadeiro, inalcançável em tempos menos difíceis. Horas depois, ao evocar o lance na odiosa decoração falangista do meu confinamento, acudiram à minha memória uns versos diamantinos de Cernuda, lidos e relidos anos antes pelo meu *alter ego*. A sucinta verdade do poema me impressionou: uma chispa daqueles prazeres podia destruir com seu fulgor a opacidade do mundo.

O Olho de Deus que, emoldurado no seu triângulo inquisitorial, pendia do alto da torre em vez da delgada rodela de meia-lua, teria implacavelmente registrado os dados principais do acontecido?

SIN

O caso que não vinha ao caso ou uma maneira inútil de andar pelos galhos: esse é o meu ponto de vista sobre o relato lido na presente noitada. Uma digressão, com presunções literárias, que nos desvia da busca de Eusebio, objetivo preciso do nosso Círculo e das reuniões semanais neste ameno e cultivado jardim.

A excessiva credulidade dos meus coleitores em relação a Madame S., de sobrenome sempre oculto, desviou-nos para uma encruzilhada de arborescências e ramificações inúteis e falsas. Quem foi na verdade essa famosa cozinheira do paxá, dotada de poderes milagrosos a quem minha colega consagra, não sem talento, páginas e páginas? Uma mulher vinda de Uarzazat, que nunca serviu ao Glaui e cujos guisados suculentos, mas vulgares, satisfaziam à clientela turística do restaurante graças a uma cenografia e a lendas cuidadosamente entretidas por sua patroa, muito bem relacionada, com certeza, com os pseudogastrônomos enviados pelo Guia Michelin para estrelar ou desestrelar o céu de Marraquesh!

Mitômana incurável essa Madame Dupont, nome de família com o qual desembarcou na sua juventude no porto de Casablanca e conhecida mais tarde por Caroline nos prostíbulos que dirigiu e onde conseguiu amealhar uma fortuna considerável! Casou-se, alegava, com um tal coronel Saint Saëns, parente, como não, do célebre compositor, marido do qual supostamente enviuvou alguns meses mais tarde.

Mas vamos por partes. O núcleo de franceses sobreviventes dos últimos tempos do Protetorado lembra ainda da sua maquiagem exagerada e dos seus modos nada requintados de sacudir a poeira e adquirir um verniz digno e civilizado. Aspirava ser a êmula de Manon Lescaut e Margherite Gautier, a quem, de ouvir falar e não por ter lido, imitava. Assistia regularmente aos serões musicais e literários e absorvia como uma esponja os comentários dos presentes, as palavras e os nomes citados pelos quase sempre medíocres conferencistas. Embora no início confundisse Descartes com Sartre, e Miró com um pintor amigo de Velázques, seus conhecimentos de ocasião se decantaram, procurou amizades entre os *marrakshis* amantes das letras e artes e forjou pouco a pouco, entre os mais jovens, uma aura, se não de intelectual, pelo menos de grande dama ilustrada, uma espécie de Madame Verdurin para bisonhos e incautos.

Através de um reputado historiador da cidade, travei amizade com um marroquino, funcionário aposentado da administração colonial, septuagenário de humor debochado e sem papas na língua, que modulava suas frases com a soltura e a mímica graciosa do inesquecível Barrault.

"Ah, Madame Caroline!", suspirou. "Deveria tê-la visto o senhor nos seus bons tempos! Desde o Alto Comissário francês até o último legionário, todos a conheciam e respeitavam! Chegou a ser, nos bordéis militares, uma figura tão conhecida como De Gaulle."

Havia recorrido a seus amáveis serviços em Jenifra, na época em que se ocupava do patrimônio florestal da província e ela governava com mão suave, mas implacável, o prostíbulo quase contíguo ao espaçoso e bem disposto quartel da Legião. Todo mundo passara por ele. Madame Caroline conserva ainda preciosamente um Livro de Ouro com a rubrica dos chefes militares que honraram com sua presença a nobre Casa. A assinatura das assinaturas e pérola das pérolas consiste numa dedicatória do *Haut Commisaire lui-même, oui, du général Guillaume!* Embora já viúva e respeitável, Madame Saint Saëns não resistira ao orgulho e honra de mostrá-la: "*J'aime les chevaux, j'aime les femmes, j'aime le couscous de notre chère Caroline*".[20] Em seu apartamento de Gueliz, apinhado de móveis e supostas lembranças de família, tinha aguardado alguns segundos para calibrar o impacto da leitura, como se se tratasse de algumas linhas autógrafas de Shakespeare ou Cervantes. "Já sei que no Marrocos é mal visto por seu papel na destituição do sultão, mas era muito cavalheiro, extremamente cortês e generoso com as damas."

A resplandecente posição e o verniz cultural de Madame Saint Saëns, com os quais conquistou a devoção das novas gerações, sofriam no entanto rachaduras em seus momentos de distração ou de abuso de grogues e licores. Uma das tardes em que o convocou ao seu salão, loquaz e meio alta, sob pretexto de assessorar-se com ele para a aquisição das últimas novidades editoriais surgidas na França, acabaram evocando em dueto os anos da hospitaleira mansão de Jenifra e seus gloriosos feitos de armas. A linguagem crua e florida da ex-comadre, cheia de rodeios e termos quase rabelaisianos, revela-se de adaptação difícil, pelo que tive que recorrer, oh, *traditore* de mim! à mediação da insubstituível *Lozana*.[21]

"Uma mulher de grande coração, Madame Caroline, hábil no manejo dos números e dotada além disso de um olfato comercial e pragmatismo inatos! Dirigia a casa de fino trato, com mais de cinqüenta pupilas, para todos os gostos e com todo um leque de nacionalidades, que ele conhecia bem por tê-las freqüentado, sendo solteiro e jovem, como ressarcimento pela esmagadora solidão e silêncio de sua pequena vila de estilo europeu, perdida em meio aos bosques. Impusera uma rígida hierarquia de valores de acordo com o sistema militar com o qual ela convivia: as camponesas berberes iletradas, para a soldadesca; as melhores e mais educadas entre elas, para os sargentos, furriéis e cabos; as judias e espanholas, para os capitães e tenentes; as francesas mais descaradas, mas de boa aparência, eram por ela reservadas exclusivamente para os chefes e oficiais superiores. A chegada de um general era acolhida com música e arbórbolas!

"Tudo funcionava à perfeição e Madame Caroline distribuía com grandiosidade o orvalho de suas palavras e sábios conselhos àquelas que chamava carinhosamente de suas filhas. Havia que colocar toda a honra e empenho em satisfazer a clientela e não se apaixonar jamais pelos rufiões que, com sua lábia mentirosa, tentassem aturdi-las e cavalgá-las de graça. Ao simples e apressado, simploriedade e desvelo; ao complicado e tarado, quantos caprichos e licenças lhe aprouvessem, nada do desplante daquela valenciana e seu 'aqui fodemos à espanhola: se quiser sacanagem procure uma parisiense!' Tinham que aprender a saracotear e requebrar, mexer e fazer titilar os peitos, preparar o terreno da amorosa lide aos senhores tenentes e capitães".

"Com os garanhões de couro grosso e mastro duro, que arrocham forte, lhes enfiam no santo e as levam direto para a glória, olho aberto! Aproveitem bem, mas não esqueçam da mesquinhez de sua paga e da escassa inclinação para os extras. Ao oficial gasto ou entrado em anos, que demore para terminar e não contente vocês, sejam pródigas em carícias e mimos até que fique endireitado e finjam saborear as goticas de sua minguada agüinha como se fossem uma fonte de mel substancioso e espesso. Sejam prudentes e atentas antes de agasalhar e encaixar o membro!: olhem se padece de 'frio', como dizem os berberes, ou apresenta sinais de uma visita da beatífica e santa Gonorréia. Exijam o uso de camisinhas e, se ficarem doentes, me avisem imediatamente. Farei com que sejam atendidas, como combatentes, no hospital militar, e que possam retomar, sãs e salvas, seu meritório trabalho a serviço da Legião e da Pátria! Não quero que saiam um dia daqui necessitadas ou enfermas! Vocês têm que velar por seu pecúlio, para aposentar-se com decoro e contrair matrimônio com um homem honesto e de posses. Não há maior alegria para mim do que vivenciar a bodas campestres, a gritaria e os folguedos em banquetes de cordeiro assado, bailes e folias de alguma de minhas filhas, depois de anos de trabalho e perseverança no catre de todos os combates, em favor do bem público e do Exército! Um dia vou me aposentar eu também, e espero sair daqui com honra e toda classe de atenções, cumprida minha obra social e com a cabeça bem erguida!"

Tal foi mais ou menos o discurso do engenheiro florestal sobre as confidências da sua anfitriã, obtida em aposentos ornados com os mesmos espelhos, jarros e badulaques descritos por Dumas Filho em *A dama das camélias*. Ao terminar, ele esvaziara seu frasco de um endiabrado licor de cereja, não se sabe se dinarmarquês ou alemão, e ela, vossa douta e letrada Madame S., duas garrafas e meia de seu adorado Marie Brizard!

20. "Eu amo os cavalos, eu amo as mulheres, eu amo o cuscuz da nossa querida Carolina."
21. Alusão à personagem da obra *La Lozana andaluza,* de Francisco Delicado. (N. T.)

CHIN

"Benditos olhos, que surpresa! isso é que se chama misturar alhos com bugalhos ou, para acrescentar ao bordão um fruto de minha fantasia, águias de nobre vocação imperial com volúveis e acanhados mariquinhas."

(Quem era aquele indivíduo, todo sorrisos de dentes amarelos e lábios gastos, que lhe dava alvíssaras com imponente e festiva familiaridade?)

"Veja só, eu ia cumprimentar um velho compadre, irmão de armas e farras de Queipo, que mora no prédio ao lado e, ao errar a porta de entrada, dou de cara com você!, a vida tem cada coisa!, enfim, como não há mal que para o bem não venha, aproveito a ocasião para me apresentar e, se não incomodo nem interrompo seus afazeres domésticos, trocar umas palavrinhas e evocar amigos comuns."

(O recém-chegado vestia um amassado terno branco salpicado de manchas e queimaduras de cinza de cigarro, exibia o bigodinho horizontal de praxe e ostentava na lapela os emblemas da Cruzada; ultrapassara o umbral sem ser convidado, farejava o apartamento com olfato de sabujo e parecia fotografar paredes e móveis com seus olhos saltados, primorosamente grudados com remela.)

"Sou Cándido Suárez, não me reconhece, nos esbarramos um par de vezes nos corredores e escadarias da Direção Geral do Movimento, indo receber nossas encomendas ou entregar nossos artigos ou poemas, sim, eu também cortejo modestamente as musas, me agita o prurido de escrever versos, você queria o quê?, a gloriosa epopéia nacional me inspira, há uns meses publiquei uma "Ode joseantoniana" e uns sonetos ao Caudilho Salvador do Ocidente, se você não leu vou procurar um exemplar deles no escritório, não aspiram a sublimidade de um Pemán, nem a grandeza de um Luys Santamarina, mas são sinceros, brotam diretamente da alma, nestas horas transidas de inquietudes, mas cheias também de esperança, devemos aproximar os ombros e agir de comum acordo, juntar forças contra a besta vermelha e atéia, lutar por uma Espanha pura e regenerada, sem ranços de seu execrável passado morto, da plebéia e soez maré republicana."

(Instalado já no sofá, com o cigarro no canto dos lábios.)

"Tem um cinzeiro? ah, você não fuma?, é um vício maldito de homem, já dizia minha mãe, mas vai fazer o quê, não é?, quando um se habitua não tem quem tire, qualquer pratinho ou copo serve, não quero estragar seu tapete, tão exótico e suave, com minhas benditas guimbas, a vida é assim, não posso funcionar sem meu maço da Tabacalera ao lado, principalmente quando estou redigindo meus artigos ou, se os deuses me inspiram, quando conto as sílabas dos meus versos."

(O forasteiro – teriam mesmo se esbarrado nos corredores da Direção Geral?, ele não tinha nenhuma lembrança – observava-o de quando em quando, tirara da carteira e exibia como um árbitro de futebol seu registro de jornalista e certificado de adesão ao Movimento com dedos tingidos de nicotina.)

"Faz tempo que eu queria papear com você e trocar idéias, algo perfeitamente normal entre colegas, irmanados além disso por um mesmo ideal, o amor à Pátria, você não acha? Com certeza, na primeira vez que o vi, à saída da missa para os mortos em memória do Ausente, devo tê-lo confundido com alguém a quem conheci de vista há alguns anos, também aficionado a versos e outras coisas e coisinhas que não vêm ao caso, um daqueles abortos da natureza e de mente invertida da Instituição Livre de Ensino, mas logo saí do equívoco ao verificar que o seu nome não coincidia e você nem era de Cadiz como ele, e sim das ilhas Canárias; curioso como sou, por força do ofício, consultei o registro para tirar a dúvida e comprovei que você tinha nascido em Las Palmas."

"Bem
(a voz dele tremia e se esforçou para ser conciso)
a uns poucos quilômetros, em Arucas."

"Arucas? não diga! estive ali a semana passada, não com a intenção de fazer turismo, claro, mas de doutrinamento, se soubesse teria ido apresentar meus respeitos à sua família."

"Já não tenho mais família. Meus pais faleceram quando eu era criança e meu avô, que descanse em paz, me instalou em Málaga, para estudar, num colégio de jesuítas."

"Ah, por isso seu sotaque não tem nada de insular, estava a ponto de comentar e você me tirou a observação da ponta da língua."

(O intruso permanecia refestelado no sofá, como se estivesse em terreno conquistado, tirava do bolso do paletó outro cigarro fedorento, acendia com o isqueiro, perscrutava os retratos de Franco e José Antonio, a afetada bandeirola nacional, em pé entre as canetas e pesos de papel da escrivaninha).

"Desculpe minha indelicadeza, nem sequer perguntei pela sua senhora."

"Sou solteiro."

(Houve um breve e denso silêncio.)

"Ah, solteiro!, a coisa tem os seus inconvenientes mas também suas vantagens, minha mulher trabalha como enfermeira no hospital militar de Jerez, e isso me autoriza a sair de vez em quando para aprontar, dar uma puladinha de cerca!"

(Iria aquele homem convidá-lo para uma farra flamenca, de ânimos buliçosos e viris, com um tropel de mancebas assustadas com os cintos e revólveres, arregaçadas, sem roupa, mostrando seus "tesouros escondidos, como moeda em baixa?")

(Não houve convite libidinoso, nem citação do bardo legionário, mas uma pergunta seca e inesperada.)

"Você é amigo do camarada Basilio?"

"Sim, por quê?"

"Ouvi comentar no escritório."

"Mais que amigo, irmão, me ajudou em momentos difíceis, um ser nobre e valente, como os que constroem a nova Espanha."

(O parágrafo resultava convincente? O poeta e jornalista do Movimento limpava a garganta, pois também tivera contato com ele, disse, no seu escritório de assessor do Exército, com ele, com Veremundo e seus centuriões bem apessoados, um modelo de disciplina militar, uniforme impecável, desfiles a passo de ganso, devoção ao chefe, hinos da Falange; interrompeu-se como se atravessado por pensamentos fugidios, nuvenzinhas escuras num firmamento sereno, com expressão que mesclava tosca inocência e astuta curiosidade.)

"Tem tido notícias dele ultimamente?"

(Seu rosto bulboso, cheio de bolotas, parecia subitamente sombrio.)

"Trocamos cartas regularmente, recebi um postal deve fazer umas duas semanas."

"Não comentou nada?"

"Sobre o quê?"

"Parece que está com problemas, correm boatos a respeito dele e do seu grupo, pensei que talvez tivesse lhe confiado seus problemas, bem, a denúncia de alguns quadros."

"Não sei do que está falando."

(Tinha respondido às insinuações com a devida serenidade?)

"Ah, provavelmente invejas, as pessoas exageram e aumentam as coisas por pura intriga."

(Olhava-o agora como um inspetor de polícia.)

"Interessante, você parece nervoso."

"Não posso acreditar que um homem de ideais como o camarada Basilio..."

(Sua voz embargou.)

"Não se assuste, talvez o assunto não seja grave, mas meu dever de amigo era informá-lo."

(Pigarreou.)

"Daqui em diante, redobre a vigilância."

(Estaria a par de sua identidade? não haviam destruído toda a sua documentação anterior no Centro de Reabilitação Militar?...)

"Basilio tem seus pontos fracos, bem, você sabe tanto quanto eu de que perna ele manca, sua coreografia de adolescentes seráficos estava na língua de todos."

(O desconhecido tirava a tapas a cinza de cigarro caída na calça, seu sorriso havia se convertido em ricto.)

"Se você for convocado a prestar depoimento, fale com franqueza; vim apenas aconselhá-lo, estamos em guerra e o inimigo se infiltra por onde menos se espera, seu dever é colaborar conosco, ajudar-nos a desmascará-lo com a força do seu testemunho."

SAD

As mil e uma noites menos uma

Do terraço de sua casinha da Alcazaba, nas horas de leitura e meditação, Eusebio divertia-se olhando as paredes ocre do *mechuar*,[22] as palmeiras e oliveiras do jardim público, as fraldas e contrafortes do Atlas polidos e nítidos. Mais perto, no interior do recinto ameado e vazio onde os antigos sultãos recebiam solicitações e queixas de seus súditos, a magra silhueta do jardineiro, oculta de todos os olhares exceto o seu, por cercas-vivas e maços de flores, prendia-lhe fugazmente a atenção. Sua presença furtiva, agasalhada na calidez e doçura do esconderijo, integrava-se de modo harmonioso à cena e acrescentava uma nota cordial ao repouso invernal que procurava. De vez em quando, sacudido pela sirene da escolta de algum dignitário, dirigia por instinto a vista para o ninho de sonhos do rapaz e o flagrava numa coreografia de podadeira e ancinho, numa falsa tarefa e em zelo momentâneo, enquanto a comitiva de automóveis disparava ameaçadoramente pela esplanada, embocando-se entre os arcos do *mechuar* com o pozinho de flor-do-reino. A conivência muda que os unia se reforçava nos intervalos da leitura: minutos depois da abrupta interrupção, em outra pausa de seus assédios intermitentes ao livro, divisava-o agachado de novo com seu cachimbo de *quif*, longe, muito longe do ruído mundano. O jovem captara também o vínculo de cumplicidade, o conhecimento aprovador de suas evasões por parte daquele estrangeiro-leitor: observavam-se a distância, separados pelo lago do qual elevava-se o canto monótono das rãs, e regressavam a sua beatitude respectiva, reconfortados mutuamente por uma silenciosa aquiescência e afinidade.

Chamava-se Buxmâa, disse-lhe o vigia da casinha em que morava depois da morte de seu fiel companheiro de vida: viera do campo alguns meses antes e não tinha na cidade parentes ou amigos. Vestido e calçado pobremente, com um boné de duendezinho, parecia gostar mesmo assim daquele emprego venial, parcamente remunerado. O *quif* era seu único lazer e o fumava prolongadamente, antes e depois de abrir o saquinho de tremoços ou amendoins que era todo o seu almoço e de cumprir as orações rituais prostrado de joelhos em direção à *alquibla*.[23]

Uma manhã não o viu mais e, embora esquadrinhasse pacientemente os canteiros e maços de flores próximos ao palácio, não conseguiu encontrá-lo. Mas suas inquietações em relação a tal ausência não duraram nem um dia. Enquanto jantava, o ancião que o servia comunicou-lhe, entre enciumado e alvoroçado, a surpreendente notícia: Buxmâa havia se casado!

Como? Quando? E, principalmente, com quem?

Um príncipe de sangue real, por motivo do nascimento, casamento e aniversário de alguma de suas filhas, decidira casar e dotar com magnanimidade suas criadas mais fiéis como recompensa pelos seus serviços!

O que tudo isso tem a ver com Buxmâa?

Conforme as instruções do xarife, os membros do séquito rastrearam os arredores do palácio à procura de candidatos e, de uma maneira ou outra, tinham chegado até ele.

Quem lhe contara aquela incrível história?

Incrível? Autêntica! Ele viu com seus próprios olhos: Buxmâa conduzido até o alfaiate e o cabeleireiro num automóvel preto, longo e silencioso como um crocodilo! Uma vez ataviado e composto, deviam levá-lo ao seu povoado, para reunir a família.

A noiva...

Não iria conhecê-la a não ser na hora do casamento. Talvez fosse bonita...

E se não fosse?

Que importa! Uma vez a serviço do xarife, não lhe faltariam oportunidades para encontrar outra...

Adormeceu com uma grata sensação de paz. Buxmâa bem vestido e limpo! Escoltado numa Mercedes até o palácio! Casado de maneira esplêndida com a doméstica de um generoso xarife!

Não era este por acaso o sonho que acariciara em segredo na benignidade de seu esconderijo, enquanto tirava o cachimbo da sua meia e acendia o fornilho do *quif*?

Voltou às suas leituras no terraço, entremeadas por pausas ociosas, consagradas ao exame do perfil conciso das montanhas, do grácil penacho das palmeiras, das paredes ameadas do *mechuar*. Um casal de cegonhas instalara seu ninho no espigado mirante da mansão vizinha. Via-as planar com majestade e despedirem-se no ar: uma partia para o olival à procura de alimento e a outra voltava ao ponto mais alto do mirante para cuidar da sua cria. Nos jardins do recinto exterior do palácio, animados pelo toque multicoloridos dos turbantes e boinas de guardas e sentinelas, os criados regavam os maços de rosas e recortavam com suas tesouras as cercas-vivas de tuias. Ao cabo de umas horas vagueando pelo mundo de Ibn Arabi, levantou a cabeça, movido por um pressentimento, e dirigiu o olhar para o lugar onde costumava agachar-se seu cúmplice: e lá estava Buxmâa!

Precipitou-se a ir ver o velho vigia informante. Por que diabos o enganara? O que é que o rapaz estava fazendo no jardim, com seu cafetã puído e gorro pontiagudo de lã? Não deveria estar àquelas horas com a noiva, gozando da dádiva de um casamento com todas as despesas pagas?

Versão de Buxmâa: a cozinheira do xarife que procurava marido era anciã, ancianíssima, mais de setenta anos, tinham-na pintado e emperiquitado para dissimular as pelancas e rugas, mas ele conseguiu entrevê-las, embora o encontro fosse realizado quase às escuras, e por pouco não desmaiou de susto, por Deus, como podia tomar por esposa uma mulher desdentada e com um pé já na cova? Era como casar com sua avó! Foi assim que desistiu de bom grado e devolveu seus presentes ao xarife.

Na realidade, comentou com deboche o vigia depois de recolher diferentes versões do lance num minucioso percurso pela vizinhança, as coisas não se passaram de acordo com o relato de Buxmâa. Foi ela quem o rechaçou. Tinham procurado três candidatos para que ela escolhesse, e o eleito fora sido outro. Aquela história da velhice e da boca sem dentes fora invenção dele para ocultar o desengano e o amor próprio ferido.

Via-o de novo em seu ninho, numa de suas freqüentes pausas no tédio cotidiano de seu trabalho, com o puído cafetã e o gorro de duendezinho, divagando, fumando, cumprindo o *azalá*.[24] Tudo parecia ter sido um sonho: noiva, presentes, Mercedes, visita ao alfaiate e ao barbeiro, encontro fracassado no palácio. Olhavam-se com discreta intimidade e ele tirava como antes o cachimbo da meia, aspirava umas tragadas de *quif*, levitava em seu tapete feliz e leve.

Segundo pudera averiguar o velho servidor de Eusebio, ninguém pediu a Buxmâa que devolvesse o terno de noivo e ele, confiando na sua boa estrela, conservava-o no armário para melhor ocasião, cuidadosamente dependurado num cabide.

22. Palácio real marroquino. (N. T.)
23. Ponto do horizonte ou lugar da mesquita para onde os muçulmanos dirigem a vista em suas rezas. (N. T.)
24. Oração que fazem os muçulmanos. (N. T.)

DAD

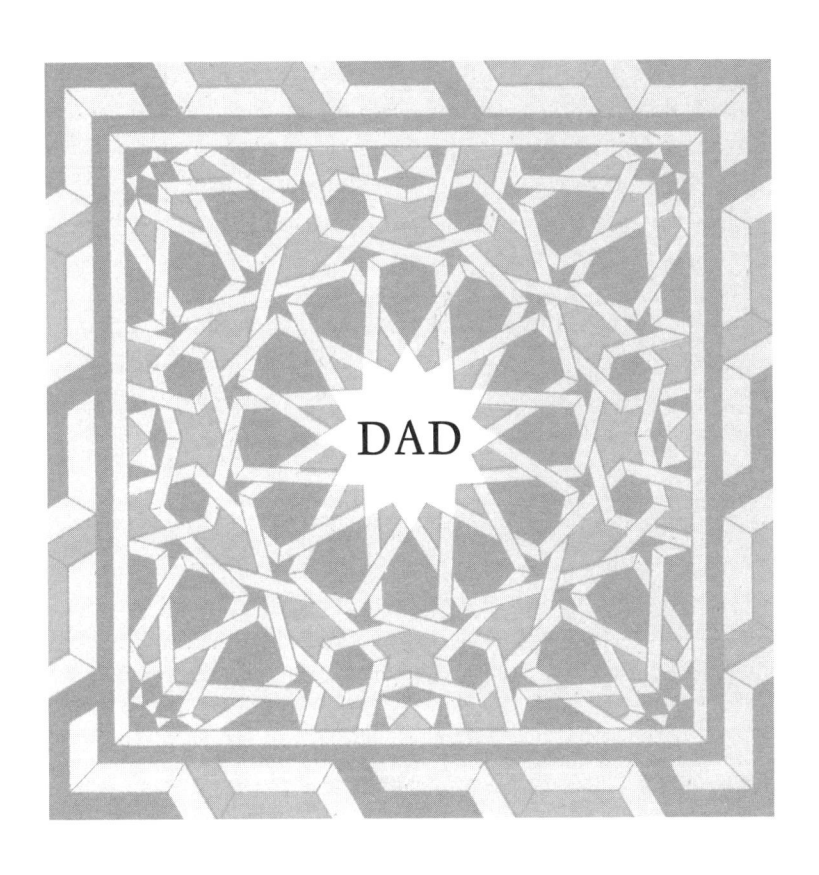

INFORME SECRETO DO SIM AO GOVERNO
MILITAR DE GRANADA DATADO DE MAIO DE 1937

Respondendo à denúncia escrita de vários oficiais da Junta Provincial do Movimento quanto às supostas atividades divisionistas de um núcleo de camaradas procedentes das JONS, afeiçoados às teses hedilhistas[25] e contrários à Unificação, o Chefe Superior de Polícia deu as instruções cabíveis ao encarregado geral pelo Serviço de Informação Militar, para que intensificasse as medidas de vigilância em torno dos referidos camaradas, capitaneados por Basilio*** e Veremundo***, cuja influência parece estender-se a outros quadros da Escola de Formação Política da Falange, assim como a várias dúzias de jovens nela inscritos.

Como resultado desse trabalho de prevenção e custódia, coordenado por Ángel Posada García, chefe do grupo "Mártires de Aragão", composto por nove inspetores, seus integrantes conseguiram reunir um conjunto de provas que confirmam em parte as acusações mencionadas e apontam para a existência de condutas e práticas contrárias à natureza e à ordem moral.

Este é o resumo escrito de suas conclusões:

"Sob o manto de uma fidelidade sem mácula aos ideais de José Antonio Primo de Rivera, Onésimo Redondo e Ramiro Ledesma, os supracitados camaradas eludem publicamente toda mostra de adesão ao Caudilho da Espanha e Generalíssimo dos Exércitos, assim como ao decreto de Unificação de 19 de abril. Seus cursos teóricos centram-se nas propostas sociais e políticas daqueles Mártires, insistindo em seu conteúdo antiburguês e revolucionário". "Com José Antonio vivo tudo seria diferente", disse Basilio, segundo testemunho de um de nossos confidentes. "Ele não queria saber dos monarquistas incrustados agora em nossas fileiras e desse bando de latifundiários que nos aplaudem acreditando que vamos devolver-lhes suas terras e privilégios e, como dizia o Protomártir, converter-nos nos Guardas de Assalto da Reação, cujo ofício consistiria em quebrar o galho deles e garantir seu sono nas poltronas dos cassinos e dos seus latifúndios desabitados." Depois, em outra reunião privada dos cabeças do referido grupo, o camarada Veremundo qualificou o decreto unificador de 19 de abril e a subseqüente detenção e encarceramento de Hedilla de 'golpe de Estado e crime que clama aos céus'. Em caderno à parte figura uma lista detalhada de todas as expressões públicas e privadas de idêntico caráter político, com sigilosas alusões ao Caudilho e a uma suposta traição aos ideais joseantonianos.

"As indagações relativas ao passado destes camaradas foram menos frutíferas: a documentação sobre o ingresso de Veremundo nas JONS em 1933, onde se encontrariam referências ao seu passado político e evolução ideológica redigidas pelo próprio autor, ficou infelizmente na zona vermelha e nada podemos saber dela; a de Basilio é escassa. Segundo informes coletados junto ao chefe dos Arquivos de

Estado Civil e do Centro de Informação da Falange, ele mesmo se apresentou pessoalmente há alguns dias com dois guarda-costas armados para acessá-la e fazê-la desaparecer. Um dos nossos agentes afirma que, na nota biográfica adjunta à sua solicitação de inscrição na Falange em 1934, revelava anteriores contatos com franco-maçons e membros da CNT. Tais informações, se confirmadas, poderiam fornecer uma pista sumamente valiosa aos nossos Serviços, já que esclareceriam a possível existência de vínculos clandestinos deste camarada com ex-correligionários do outro bando. Infelizmente, nenhuma prova irrefutável avaliza até hoje a referida suposição.

"Em relação ao outro ponto que antes assinalávamos, os fatos verificados são pesadíssimos e contundentes: os camaradas Basilio e Veremundo, assim como seus colaboradores de confiança, entregam-se sem recato a atos e práticas contra a natureza, na companhia de diversos membros das centúrias juvenis que doutrinam. As chamadas reuniões noturnas de orientação política disfarçam, na verdade, uns cursinhos de perversão sexual, nos quais os moços são incitados a realizar vergonhosos toques que o camarada Basilio descreve como "ritos de iniciação à virilidade". As revelações de um dos participantes dos mesmos que, intimidado por seus chefes hierárquicos, não ousava denunciar o ocorrido, mostram a ignomínia e vileza de umas cenas tanto privadas como coletivas nas quais, por meio de evocações enganosas dos mitos germânicos e gregos, os dois camaradas pervertiam os menores e os induziam à sodomia e outras aberrações cuja simples menção repugna. Alguns instantâneos fotográficos, feitos ao que parece por Basilio, captam dois atores daquelas imundas orgias numa posição cuja índole criminosa e antinatural não deixa margem a dúvidas.

"Em resumo: as averiguações realizadas pelo Serviço confirmam em diversos pontos as denúncias apresentadas à Junta Provincial do Movimento sobre as posições divisionistas do supracitado grupo de camaradas e oferecem testemunhos irrefutáveis dos desvios sexuais dos denunciados, contrários aos fundamentos da sociedade. Uma bem provada experiência nesses terrenos de luta contra a infiltração do inimigo em nossas fileiras aconselha servir-se das segundas para esclarecer quantas dúvidas e incertezas subsistam em relação às primeiras. Com as provas em mãos – fotografias, testemunho dos participantes nessas assembléias promíscuas –, os suspeitos de conspiração pró-hedilhista confessarão espontaneamente – sem recorrer à infalível tortura, reservada à horda vermelha – tudo o que tiverem para confessar."

25. Relativo a Manuel Hedilha, alto dirigente da Falange, designado sucessor de José Antonio Primo de Rivera, mantido preso a mando de Franco durante a maior parte do período da Guerra Civil. (N. T.)

T'A

A VERDADE DA HISTÓRIA OMITIDA SOBRE O MERCADO DE ESCRAVOS DA MEDINA DE MARRAQUESH

Para contrabalançar a ausência de humor de que padece nossa coletiva justaposição de relatos, irei relatar-lhes o conto que nosso sócio da Vetusta escamoteou esta manhã com a desculpa de seu desaparecimento com a mala roubada na plataforma da estação de ônibus de Bab Dukala. Na realidade, não houve tal roubo e, enquanto eu, em virtude de sua oportuna ausência deste amável jardim de leitores, remexia na confusão de cartas, cadernos e notas acumulados em seu quarto, com uma desfaçatez da qual deveria envergonhar-me, dei com o diário da sua viagem, cujo conteúdo, depois de desculpar-me com vocês por tão feia e censurável ação, vou ler sem tirar nem pôr uma única vírgula.

Por mais que meus pais, que em paz descansem, me inculcassem já na infância uma antipatia visceral pelos mouros e me previnissem contra seus enganos e salamaleques, a visita a Marraquesh, atrás dos rastros de Eusebio, me provou de sobra a profunda verdade de seus sentimentos e assertivas.

Havia consultado previamente os testemunhos de alguns viajantes europeus sobre os truques, insídias e bruxarias que espreitam o forasteiro, e me ocorreu a idéia de que Eusebio poderia ter sido vítima de um mau-olhado ou encantamento, tão habituais neste atrasado e supersticioso país. Consultei várias novelas anglo-saxônicas sobre o assunto, assim como meia dúzia de narrações de nativos cultos e afrancesados, hábeis no manejo da língua de Molière.

Ao chegar à antiga capital almóada, procurei um hotel confortável, próximo à célebre praça descrita por Canetti. No meu primeiro passeio de inspeção pelo bairro, veio a meu encontro um jovem bem vestido que, num francês aceitável, desejou-me boas vindas e se ofereceu para me acompanhar sem remuneração alguma aos monumentos e locais de interesse.

Embora, armado da minha natural desconfiança e instruído pelas minhas leituras, eu me mostrasse receoso e recusasse a oferta com cortesia, o mouro, com modéstia e modos suaves, assegurou-me que não era um *faux guide* nem se propunha a me conduzir maliciosamente a algum bazar de amigos seus, no intuito de cobrar uma porcentagem em minha hipotética compra de tapetes ou objetos de artesanato. "Sou um estudante de sociologia, me disse, e meu desejo é apenas praticar idiomas com os forasteiros que nos visitam." A boa educação e delicadeza de suas palavras acabaram por me convencer. Sem mencionar Eusebio nem o objetivo da minha estadia no Marrocos, expus-lhe o desejo de ampliar meus conhecimentos em matéria de magia negra, feitiços e cerimônias de transe, assim como sobre o uso de talismãs e exorcismos destinados a conjurá-los. Ele me ouvia atentamente e afirmou que podia me pôr em contato com uma velha muito famosa por suas bruxarias e com um temível e poderosíssimo nigromante.

"Ele é capaz de enfiar um demônio no corpo e converter a vítima num possesso, usurpando sua voz e personalidade?"

"Essa é justamente sua especialidade."

"Você acha que eu poderia entrevistá-lo e presenciar o ritual dos seus malefícios?"

"Acho bastante difícil, mas pode-se tentar."

"Se você falar com ele e persuadi-lo a me deixar assistir de curioso, serei generoso com você."

"Já lhe disse que não estou buscando nenhum proveito. Sua amizade e confiança me bastam. Mas há alguns problemas e obstáculos que exigem de nós muita cautela e tato."

Perguntei-lhe com que classe de obstáculos estávamos nos defrontando.

"É um indivíduo de acesso difícil e vive num lugar secreto, absolutamente vedado aos estrangeiros."

Quis saber se estava se referindo a uma mesquita ou a um cemitério.

"Oxalá estivesse num desses dois lugares! As coisas seriam muito mais fáceis."

"Onde ele vive então?"

Meu acompanhante pareceu refletir antes de me revelar o segredo e baixou a voz até convertê-la num sussurro.

"Está no mercado de escravos."

"O mercado de escravos?"

"Por favor, seja prudente. Se alguém escutar, podemos ir parar na cadeia."

Obedeci e nos instalamos no terraço semideserto de um café.

"Eu achava que a escravidão fora abolida pelos franceses."

"Isso é o que se diz oficialmente, mas não é assim. O tráfico continua por baixo do pano."

A notícia me escandalizou. Um mercado clandestino de escravos! Meu interesse pelas pistas de Eusebio empalideceu na hora. A descoberta da tramóia seria uma autêntica informação bomba!

"Existe alguma maneira de se infiltrar nele?"

Meu acompanhante se fechou num grave e calculado silêncio.

"Agora não posso responder", disse por fim. "Preciso consultar antes um amigo que mora no edifício contíguo. Se o senhor quiser, irei vê-lo e nos encontraremos, o senhor e eu, neste café, no final da tarde."

O tempo de espera foi longuíssimo para mim. As atrações folclóricas da praça, tão celebradas por Canetti e outros bobalhões da sua espécie, me entediaram e decepcionaram. Rechacei cheio de nojo a tentativa de um encantador de serpentes de me pôr um de seus bichos em volta do pescoço e resisti furioso a um dançarino negro, de barrete vermelho, que esboçava alguns passos de dança e entrechocava na minha frente uma espécie de chocalho, em sua luta para me arrancar algumas moedas como prêmio pela sua atuação lastimável e grotesca. Fugi do lugar e refugiei-me no restaurante francês do hotel, aguardando a hora do encontro com o estudante.

Este apareceu depois da ruidosa chamada para a oração dos maometanos, com uma expressão que não consegui decifrar.

"Bom, a discussão foi difícil, mas as coisas podem ser resolvidas se ninguém perceber nossa presença e passarmos a noite num terracinho, ocultos numa choça de bambu."

"Da minha parte, não tem o menor problema."

Ele calava, como se refletisse sobre minha resposta.

"O assunto é perigosíssimo para nós e para ele. Meu amigo não queria saber nada do assunto a princípio, mas com paciência e promessas de ajuda consegui abrandá-lo."

"Ele lhe pediu dinheiro?"

"É, vamos ter de molhar a mão dele."

"Quanto ele quer?"

"Olha, a gente discutiu muito sem chegar a uma cifra concreta. Mas acho que com quarenta mil riyais se dará por vencido e correrá o risco."

"Quarenta mil riales?"[26]

"Desculpe a nossa maneira primitiva de contar. Essa quantia equivale a dois mil dirhames."

Calculei mentalmente sua equivalência em pesetas. O que iria ganhar com a notícia seria pelo menos vinte vezes isso.

"Muito bem. Diga a ele que aceito."

"Preciso dar-lhe a resposta na hora do jantar. À meia-noite, quando as ruas estiverem quase vazias, nos conduzirá à choça do seu terracinho. O mercado de escravos fica bem embaixo."

"Posso levar a câmara fotográfica comigo?"

O estudante se sobressaltou. Minha proposta, sem dúvida, lhe parecia temerária.

"Isso eu já não sei. Não toquei nessa questão com o meu amigo."

"Explique a ele que é uma japonesa pequena e sem flash. Eu poderia tirar as fotos pelas frestas da choça."

"Na verdade, eu não posso responder. Para isso tenho que discutir com ele."

"Vá e diga-lhe que se ele deixar eu lhe darei o dobro do que está me pedindo."

"Como o senhor quiser. Mas duvido muito que ele aceite."

"Insista. Se a quantidade que eu lhe falei não lhe tirar o medo, estou disposto a aumentá-la."

Despediu-se de mim com expressão preocupada e permaneci à espera no café, agora cheio de paroquianos que jogavam cartas ou contemplavam pela televisão, como que hipnotizados, uma novela, com uivos e estrépito de brigas. Uma hora mais tarde chegou com um indivíduo de expressão rude e vestido segundo o costume mouro. Nos apresentou um ao outro e traduziu para o francês as condições de seu amigo.

"Disse-me que tem muito medo de que seus vizinhos nos vejam e precisa achar um pretexto para afastá-los da sua casa quando a gente subir com ele até a choça."

"Mas concorda em que eu leve a câmara?"

Os dois se embrenharam no seu jargão incompreensível e, depois de um fogoso e renhido falatório, o estudante disse que sim.

"O coitado está receoso e procura uma maneira de se livrar dos seus vizinhos, a família de um policial, convidando-os para a circuncisão de um rapaz aparentado à sua mulher. Além disso, reclama desde já uma parte do dinheiro como sinal."

"Quanto?"

"A metade dos quatro mil prometidos. A outra metade o senhor entregará depois de fotografar o mercado de escravos. Também exige que o senhor vista um cafetã para passar despercebido."

Selamos o pacto, entreguei os dois mil dirhames ao dono da choça e combinamos com ele de chegar duas horas mais tarde. Meu acompanhante parecia aliviado pelo andamento do negócio e me prodigava conselhos de precaução. No bairro do mercado clandestino de escravos havia muitos bisbilhoteiros e espiões: durante o trajeto devia guardar silêncio – "se o ouvirem falando em francês estamos perdidos", disse – e cobrir a cabeça com o capuz. De repente, pareceu se dar conta de alguma coisa e exclamou. "O cafetã! Preciso procurar agora mesmo o cafetã!" Levantou-se bruscamente da cadeira e disse que voltaria ao cabo de alguns minutos. Esperei aqueles minutos e depois horas, até que fecharam o café e me puseram na rua. O estudante evaporara com seu cafetã e meu dinheiro.

No quarto do hotel, a raiva e a exasperação pelo golpe e pela conduta trapaceira dos mouros me tiraram o sono e, de manhã, plantei-me no posto policial da praça e expus de forma detalhada ao oficial de serviço a armadilha que me haviam armado e o roubo aleivoso de que fora objeto. A resposta do indivíduo uniformizado me deixou perplexo: "Se o senhor engoliu essa lorota e acredita que em nosso país existem mercados de escravos, merece o que lhe aconteceu. Aos crédulos e otários da sua espécie a gente dá o nome de KUAMB e estes saem-se tão mal quanto o senhor nas piadas e historinhas da praça".

No mesmo dia fechei a conta do hotel e tomei o avião para Madri, depois de uma interminável escala em Casablanca. Sentia-me cheio de ódio por aquele país de ladrões e mentirosos. Pensava nas sensatas advertências do meu pai, ferido na guerra contra Abdelkrim, e no dito que costumava repetir: "mouro bom é mouro morto".

26. Moeda oficial da Arábia Saudita, Catar, Iêmen, Irã e Omã.

DZÁ

Extratos do interrogatório de Eusebio***
nas dependências do Serviço de Informação
Militar de Sevilha, em 25 de maio de 1937,
pelo coronel***, instrutor do caso.

Juiz: ao comparecer diante de mim, na qualidade de testemunha, jura dizer a verdade, toda a verdade e nada mais que a verdade. Repita em primeiro lugar seu verdadeiro nome.

Testemunha: Eusebio***.

Juiz: a documentação que lhe arranjaram em Granada é, por conseguinte, falsa.

Testemunha: isso mesmo.

Juiz: por respeito ao seu cunhado e seu nobre e destacado papel no Movimento Salvador da Espanha, vamos deixar o assunto de lado, com a condição de que o senhor coopere conosco e responda com honestidade e franqueza às minhas perguntas.

Testemunha: sim, senhor juiz.

Juiz: em que circunstâncias conheceu Veremundo e Basilio?

Testemunho: graças à intervenção do meu cunhado; eles me tiraram da cela dos condenados à morte em Melilla e me transferiram para a península, para o Centro de Reabilitação Militar de Granada, especificamente para a seção dirigida pelo doutor V. M. Ali fui submetido, durante várias semanas, a uma terapia de eletrochoques e de isolamento, na qual não podia conversar a não ser com os enfermeiros e com o capelão do exército. Quando comecei a melhorar e me desprender das idéias e hábitos contraídos no período republicano, o camarada Basilio veio me visitar e me propôs sua ajuda no processo de reeducação.

Juiz: em que consistia essa ajuda?

Testemunha: ele me doutrinava a respeito do espírito e dos valores da Cruzada, a Pátria pela qual combatiam e haviam derramado seu sangue José Antonio e os demais Mártires.

Juiz: que nome e figuras eles lhe davam como exemplo?

Testemunha: José Antonio, Ramiro Ledesma, Onésimo Redondo... Bem, os caídos por Deus e pela Espanha.

Juiz: e Franco? ele lhe falava de Franco?

Testemunha: às vezes sim, mas menos.

Juiz: uma pessoa esperta como o senhor, não notou nenhuma reticência em relação a ele e a Queipo? o que ele lhe dizia por exemplo dos requetés?[27]

Testemunha: costumava contar piadas a respeito deles.

Juiz: e sobre Franco, também?

Testemunha: não, sobre Franco não.

Juiz: tem certeza disso?

Testemunha: talvez sim, bem, agora não estou lembrando.

Juiz: eu lhe dou um par de horas para meditar. O guarda o acompanhará até a saleta de custódia. Pode pedir água ou café se desejar, mas não lhe será permitido descansar.

[...]
[...]
Juiz: aproveitou a pausa para refletir?
Testemunha: sim, senhor juiz.
Juiz: o senhor conhece tão bem quanto eu as tendências sexuais de Basilio e Veremundo, a índole das relações que mantinham com os jovens de sua esquadra, certo?
Testemunha: sim, senhor juiz.
Juiz: ele tocava nesse assunto com o senhor?
Testemunha: nas suas palestras educativas me reprovava a baixeza e vulgaridade dos meus gostos, repreendia severamente minha conduta desprezível e vil com mouros e lavradores peludos. Ele enaltecia o amor nobre pelos adolescentes loiros e imberbes, no estilo dos grandes artistas e filósofos da Antigüidade.
Juiz: manteve com os senhor alguma relação desse tipo?
Testemunha: não, senhor juiz.
Juiz: convidou-o para assistir às suas festas de "iniciação à virilidade"?
Testemunha: nossa relação era de médico e paciente. Ele sustentava e glorificava seus ideais em contraposição à minha indignidade e falta de hombridade. Eu me sentia tão mal, tão doente, tão corrosivamente triste que aceitava a internação como uma prisão moral e justa, um processo de catarse indispensável.
Juiz: todos esses informes e dados figuram no dossiê do seu amigo Basilio; contrariamente ao combinado com o senhor, conservava-os em local secreto para servir-se deles caso necessário. Pois é bom que saiba que a dedicação dele à sua pessoa ocultava interesses de outro tipo, um duplo jogo que o senhor há de nos ajudar a esclarecer.
Testemunha: juro que não sei do que está falando.
Juiz: Basilio e Veremundo recrutavam cúmplices nos meios falangistas descontentes e inclusive entre indivíduos da sua espécie, com um passado abjeto, para opor-se à chefia do Caudilho, sancionada pelo decreto da Unificação. Com um currículo tão negro como o seu, podiam convertê-lo em joguete deles, manipulá-lo ao seu bel-prazer. O senhor era uma peça ideal para seus planos subversivos, em conexão com

agentes infiltrados junto ao inimigo. Por isso estamos convencidos de que com o pressuposto do seu dossiê, de suas simpatias marxistas e inversão sexual, expuseram-lhe os esquemas do futuro Estado republicano que concebiam e seus planos de conquista do poder.

Testemunha: não, nem ele nem Veremundo falavam comigo de política. Incitavam-me a seguir o amor grego, isso sim. A ser um amante ativo e viril.

Juiz: vê como começa a rememorar as coisas e dizer a verdade? Bem, continue puxando o fio até desfazer o novelo. Dispõe apenas de algumas horas. O guarda o levará até a saleta para que reflita por sua conta. Seu testemunho é vital no julgamento sumário a que submetemos seus colegas por traição à Causa. Considere reservadamente seu próprio interesse. Não esqueça: dispomos de todos os elementos para esmagá-lo como um inseto se não nos atender. A denúncia clara e precisa das atividades desse núcleo malcheiroso de pederastas e agentes do inimigo pode evitar-lhe o destino que o aguardava em Melilla. Nós não abrigamos nenhum propósito de rever sua situação legal nem de anular o pacto com o seu cunhado: muito pelo contrário, se o fervor nacional e patriótico de Sevilha o asfixia, podemos arranjar-lhe um salvo-conduto para Portugal ou Tânger. Em troca, é claro, de que fale: de um testemunho categórico sobre as manobras de Veremundo e Basilio.

[...]

[...]

Juiz: meditou bem?

Testemunha: sim.

Juiz: está disposto a assinar a declaração que redigimos?

Testemunha: sim.

Juiz: aqui está ela! Leia em voz alta a partir do segundo parágrafo.

Testemunha: "O declarante afirma livremente e sem coação alguma ter participado da reunião clandestina celebrada em 21 de abril".

(pequena interrupção)

senhor juiz, nesta data eu estava em Sevilha, não em Granada.

Juiz: deixe de sandices! O senhor estava em Granada, como consta na ata! Ande, continue!

Testemunha: "Reunião durante a qual o camarada Basilio qualificou Franco de "velhaco" e "traidor", exortou a entrar em contato com os quadros e membros da Falange e das JONS contrários ao decreto unificador, a aliar-se aos chefes e oficiais do Exército descontentes e despachar emissários clandestinos para a zona vermelha. O camarada Veremundo expressou seu apoio total a esses planos e exigiu dos presentes o juramento de guardar segredo e sacrificar a vida para preservar os ideais da Cruzada das ambições espúrias e dos oportunismos politiqueiros. Esta assembléia conspirativa durou aproximadamente seis horas e a ela compareceram uma cinqüentena de pessoas, entre as quais o declarante reconheceu, além de Veremundo e Basilio, os ajudantes destes e uns trinta jovens da sua esquadra. Do mesmo modo aponta a presença de um desconhecido que, segundo deduziu, era o vínculo do grupo com os serviços de inteligência do governo republicano. A testemunha afirma igualmente que não recebeu instruções posteriores nem voltou a ser convocado para outras reuniões nas fases mais avançadas da conjura".

Juiz: assine o escrito e acrescente "lido e aprovado".

Testemunha: sim, senhor juiz.

Juiz: bom, e agora, bico fechado! Nenhuma palavra a ninguém sobre seu comparecimento a este julgamento! Volte para sua casa e lá receberá as instruções oportunas. Se mantiver sua colaboração conosco, cumpriremos tudo o que lhe disse. Não vamos nos meter na sua vida privada, mas deve dar-nos provas da sua total e absoluta fidelidade.

Nota do escrivão: "A testemunha se mostrou em seu comparecimento totalmente consciente, com adequada capacidade de compreensão e expressão. Não se apreciaram alterações da memória, e sua linguagem foi, em todos os momentos, fluente, coerente e correta na forma".

27. Voluntários que lutaram na Guerra Civil Espanhola defendendo as tradições religiosas e monárquicas. (N. T.)

AIN

Os homens-cegonha

Sou uma adepta do realismo mágico, leitora assídua de García Márquez, da Allende e seus discípulos mais destacados. Entusiasmam-me as novelas e os relatos ricos em personagens fantásticos e lances miríficos: avós sábias, chuvas de sangue, crianças voadoras, galeões misteriosamente encalhados na frondosidade da floresta virgem. Esses *romans de pays chaudes*,[28] como os etiquetava um defensor de concepções literárias anêmicas e decadentes, trazem uma seiva e vitalidade novas, introduzem um elemento poético na estreiteza prosaica de nossas vidas. Por isso, ao ouvir o conto *As mil e uma noites menos uma*, de meu apreciado coleitor do Círculo, com sua referência ao ninho de cegonhas vizinho à casinha alugada por Eusebio no bairro da Alcazaba, junto ao *mechuar*, evoquei os parágrafos do meu patrício Ali Bey sobre essas pernaltas migratórias, cuja companhia desfrutou em Marraquesh à custa da credulidade do sultão.

Segundo uma velha tradição marroquina, os camponeses berberes consideram as cegonhas como seres humanos que, a fim de viajar e conhecer outros âmbitos, adotam temporariamente sua forma e, de volta ao país, recuperam sua condição primitiva. Assim, ao chegar a Marraquesh atrás do rastro elusivo de Eusebio, decidi renunciar a arriscadas e infrutíferas pesquisas e, graças à ajuda do historiador Hamid Triki, encaminhei meus passos para o antigo albergue de cegonhas contíguo à mesquita de Ben Yusef.

Depois de muito perguntar e andar em círculos dei com Dar Belarx e localizei seu vigia. Estimulado por minha generosa gorjeta, tirou da mão um molho de chaves e guiou-me por uma porta lateral, através de um saguão sombrio, até um pátio amplo e magnífico, mas sujo e abandonado. Entulho e escombros de toda classe cobriam o espaço central, ornado com uma fonte; as belas arcadas, o artesoado das habitações laterais e, os frisos de azulejos resistiam firmes à passagem do tempo. Havia uma infinidade de penas e dejetos de pombas, inclusive o cadáver recente de uma delas, atraída, como suas congêneres, pelo silêncio e benignidade do lugar. O albergue havia sido lacrado um século antes, por ocasião da morte de um neto de seu fundador.

Mencionei ao meu acompanhante a lenda dos homens-cegonha. Com grande surpresa minha, este corrigiu minha denominação. Não se tratava de uma lenda, era a pura verdade. Ele mesmo conhecia um vizinho que emigrara para a Europa e voltara para casa ao cabo de alguns meses, após recuperar seu ser natural. Vivia justamente na mesma ruela e, sem se fazer de rogado, apresentou-o a mim.

O transformista – de que outra maneira designá-lo? – era um velho aprazível e sereno, de aspecto similar ao atribuído por meus colegas a Eusebio, de olhos intensamente azuis e uma esmerada barba branca, sentado à porta de sua casa, com a mão direita apoiada no punho de um bastão. Para evitar preâmbulos aborrecidos, vou transmitir-lhes diretamente sua história, não sei se autêntica, fruto de sua própria invenção, ou emprestada do folclore.

"Faz quarenta anos, minha esposa – Deus a guarde em sua glória! – obteve um contrato de trabalho numa fábrica de fios e emigrou para a França com o propósito de aumentar nossa modesta poupança, deixando-me o cuidado dos filhos. A princípio, recebíamos regularmente notícias suas junto com o vale postal correspondente às economias do mês; mas, pouco a pouco, o dinheiro começou a chegar secamente, sem a companhia 'inútil de' alguma missiva. Tão estranho e longo silêncio, prenhe de apreensões e interrogações, mergulhou-me numa profunda melancolia. Minhas cartas ficavam sem resposta; meus pedidos de comunicação telefônica, também. Enviei a perguntar por ela uma vizinha minha do bairro, contratada igualmente por uma fábrica da região. Seu telegrama conciso – 'está bem, e trabalhando' – não só não me acalmou como aumentou meu mal-estar. Se ia tão bem, por que continuava calada? Esquecera sua condição de esposa e mãe de quatro filhos? À noite, eu dava voltas e voltas na cama sem pegar no sono. Nesse intervalo, as possibilidades de conseguir um passaporte tinham se reduzido: a crise e o desemprego em terras cristãs fechavam as portas aos estrangeiros e o Consulado francês não concedia vistos turísticos a um artesão como eu: um humilde sapateiro remendão. Pediram-me um aval bancário e sabe Deus quantas coisas mais. Mas sonhava e sonhava com a viagem com o mais intenso desejo e um dia, enquanto contemplava as cegonhas aninhadas no alto das muralhas do palácio real, disse a mim mesmo, quisera ser como elas e poder voar até onde trabalha minha esposa, até a sua longínqua fiação de Épinal. Como que induzido por um pressentimento, fui ver meu irmão primogênito: disse-lhe que decidira viajar à Europa e confiei-lhe temporariamente a guarda e educação de meus filhos. Aquela fase inquieta de minha vida cessou bruscamente.

"No dia seguinte voava com um bando de cegonhas num estado de plenitude e delícia difíceis de expressar. O mundo era ao mesmo tempo miniatura e imenso: paisagens e povos de brinquedo, mares refulgentes como espelhos, montanhas brancas... A altura, a leveza e a velocidade de movimento me concediam uma sensação de superioridade sobre os humanos, lentos como tartarugas, diminutos como insetos. Voava absolutamente feliz em direção ao continente próspero e ilustrado, de onde os cristãos tinham vindo, ao que parece, para nos educar e de passagem, nos oferecer trabalho, distraído pela embriaguez de planejar o desígnio preciso que me guiava. Foram semanas gozosas e livres, isentas de fronteiras e salvos-condutos carimbados. Cruzávamos sem documentação alguma territórios compartimentados, transgredíamos suas leis mesquinhas, eludíamos barreiras de alfândega e controles de polícia, burlávamos a avareza discriminatória dos vistos. Passada uma grande cadeia de montanhas, coberta de neve como o Atlas, o panorama se modificou: os campos eram mais verdes, os bosques mais freqüentes e espessos, os povoados de telhas ocre cediam passagem aos de telhados cinza de ardósia. Seguíamos a bacia de um rio em cujas margens se alinhavam cidades e fábricas. Alguns dias depois, após longas jornadas de vôo e paradas noturnas em torres e campanários, senti que meu impulso se debilitava, perdia o ritmo de minhas companheiras, distanciava-me sem remédio delas, movia com dificuldade as asas. Incapaz sequer de planar, caí quase na vertical e aterrissei como pude num jardim.

"Minha aparição surpreendeu o dono da casa, um francês de aproximadamente quarenta anos, enquanto podava alguns arbustos e limpava a grama com umas tesouras de jardinagem. 'Olhe, Aicha, uma cegonha', gritou. O nome da minha querida esposa fez meu coração adejar. Quem era aquele indivíduo e como se permitia tratá-la assim? Quando ela surgiu à porta da moradia estive a ponto de desfalecer. Olhava-a fixamente até que meus olhos se inundaram de lágrimas. 'Parece incrível', disse na língua de seu marido, 'no meu país tem muitas. Tenho certeza de que vem de lá'. Aproximou-se de mim sem me reconhecer e me acariciou suavemente a plumagem. 'Olha como é mansa! Provavelmente caiu doente e não pôde seguir sua viagem. Vou cuidar dela e dar-lhe pescadinha crua. No nosso país dizem que traz a *baraca*: um convidado chovido do céu a quem devemos respeito e hospitalidade.'

"As palavras ternas e acolhedoras de Aicha, em vez de aliviar minha dor, agravaram-na. Seu uso do plural e a intimidade que manifestava com o indivíduo confirmaram minhas suspeitas: vivia amasiada com ele, compartilhando cama e mesa. Ainda aturdido e cheio de amargura, perguntava a mim mesmo se tinham filhos. Temia ouvir o choro de uma criança e vasculhei o cesto de roupa suja, felizmente sem descobrir fraldas ou roupas infantis. Mas o sentimento anterior de superioridade e orgulho que havia me possuído nas alturas transmutou-se em outro de impotência e raiva. Estava a dois passos de minha mulher e de seu amante, incapaz de reagir contra o adultério com meus torpes movimentos de pernalta e grasnados dissonantes. O carinho e afeto maternal de Aicha, o zelo que punha em cuidar de mim, escolher minha comida, construir-me uma espécie de ninho no telhado de uma área externa da casa, rebaixavam, em vez de enaltecer, minha passageira condição de ave. Minha figura lembrava a do seu país, era pródiga em me dar carícias e mimos, mas ao anoitecer, quando os dois voltavam do trabalho – ela de sua fábrica de fios e ele da sucursal de um grande banco –, fechavam-se na casa e me deixavam, numa perna só, em meu ninho.

"Passadas as primeiras semanas de melancolia, comecei a recuperar o ânimo: resolvi passar à ofensiva. Abandonei meu ninho de infortúnio e me enfiei sem mais nem menos na casa. No início, o intruso tentava me afugentar, mas ela o impediu.

"'Essa cegonha é uma criatura abençoada que me traz a memória de tudo o que deixei para trás. Se quer viver na casa, viverá na casa. Foi Deus que a trouxe até nós, e seus desejos serão cumpridos.'

"O sujeito transpirava mau humor por todos os poros: 'Tudo isso me parece muito poético, mas quem vai limpar o cocô?'

"'Eu vou limpar! Não lhe falei mil vezes que é um animal sagrado?'

"Embora ele tenha resmungado alguma coisa depreciativa sobre a Índia e suas vacas, ela deu de ombros e impôs seu critério: dali em diante, se fosse a minha vontade, viveria com eles, tanto de dia como de noite.

"A nova situação, criada pela firmeza e energia da minha mulher, favorecia meus planos de vingança. Aproveitando a ausência de ambos durante seu horário de trabalho, farejei os móveis e cantos da casa: pude verificar que Aicha conservava como uma relíquia as fotos de seus filhos, depositava todo o seu salário na caderneta de poupança, mandava regularmente uma parte via cheque postal para o meu endereço. A compra do mês – minha pescadinha e bichinhos incluídos –, as contas do gás e da eletricidade, tudo corria a cargo do intruso. Estas demonstrações de cuidado com nosso futuro, unidas às suas atenções para comigo, me encorajaram: multipliquei meus dejetos nos utensílios e prendas pessoais do indivíduo, instalei-me comodamente na sua cama.

"Conforme eu esperara, as discussões e brigas caseiras se acentuaram.

"'Você não vai deixar que ela fique emporcalhando os lençóis!'

"'Se ela sujar, eu lavo. A coitadinha (falava sempre de mim no feminino), depois de tanto viajar e cair doente, sente-se aqui como em família, faz parte do nosso lar.'

"Cedi momentaneamente à irritação do intruso, abri espaço com dignidade, esperei que apagassem a luz e que ele começasse a se remexer e a manipulá-la para plantar-me voando na colcha e manchá-la. Ele acendeu imediatamente a luz do criado-mudo.

"'Acabou a brincadeira! Agora eu é que vou cuidar dela! Cheguei no meu limite!'

"'Se encostar numa pena dela, quem vai sair perdendo é você! É bom que fique sabendo de uma vez: eu estou cheia das suas carícias nojentas! Deixe eu dormir em paz!'

"'Se você quer dormir, durma; mas não com ela. Já lhe falei mil vezes que eu não suporto esse bicho!'

"'Pois se você não suporta, vá dormir no sofá! Eu por mim, não quero me separar dela.'

"'Qualquer um diria, nem que fosse seu marido! Desde que chegou você se comporta como uma doida. Essas maluquices e contos de bruxas são coisas do seu país, não de uma nação moderna e civilizada!'

"'Meu país é melhor que o seu, está ouvindo? Essa cegonha me pertence e, se você não gosta dela, vou embora e tchau e bênção.'

"A partir daquela noite, as discussões tornaram-se diárias. Eu queria dormir na cama, junto de minha esposa, e o intruso acabava cedendo e emigrava para o sofá. Sentia que Aicha me preferia e pensava em mim. Às vezes sentava na mesa da cozinha e escrevia cartas para casa, para o endereço ao lado do albergue de cegonhas fundado séculos atrás. Convivia com o *nesrani* como cão e gato. Quando ela se ausentava, eu voava para o telhado da área externa da casa e me postava em meu ninho. Temia que o intruso me cortasse o pescoço com uma faca ou me matasse a pauladas. Minha vitória me reconfortava e comecei a recuperar o gosto de voar. Um dia, depois de devorar minha ração de pescadinha, despedi-me em silêncio de Aicha, aguardei a passagem do meu bando, juntei-me a ele e empreendi o retorno a Marraquesh.

"Assim que cheguei, recuperei a forma humana. Fui pra casa como se acabasse de sair, e abracei meus filhos. Meu irmão havia tomado conta diligentemente deles, iam à escola e, ao me ver, dançaram de alegria. Ao pé do relógio no meu quarto, me esperava uma pilha de cartas de Aicha. Falavam da visita da cegonha, da profunda saudade da sua terra e família. Trabalhava ainda na fiação para completar suas economias e poder comprar na sua volta algum negócio. Quando retornou, dois anos mais tarde, resplandecia de felicidade e vinha carregada de presentes. Perdoei-a, é claro que a perdoei: esqueci sua infidelidade e vivi venturosamente com ela até que Deus a quis ao Seu lado e a enterraram em Bab Dukala.

"Jamais contei a verdade sobre a minha visita, nem contei isso a ninguém, exceto ao meu vizinho e a um senhor de origem européia que morava no bairro, cujo amigo rifenho falecera num acidente de trânsito e que desde então vivia afastado do mundo, compunha versos e ia recolher-se pelas tardes na mesquita de Beb Yusef. Seu nome era Eusebio.

"Lembro que me ouviu com grande atenção e depois escreveu palavra por palavra a mesma história que acabo de contar à senhora."

28. "Romance de países quentes."

RAIN

Iluminação viscontiana do fim de Veremundo e Basilio

Como muitos jovens da minha geração, minha educação tem sido mais cinematográfica do que literária. Gosto de ver traduzidas em imagens as páginas das minhas novelas preferidas, presenciar cenas dramáticas, contemplar toda a gama de emoções da alma humana no rosto dos protagonistas. Por esta razão, entediam-me de modo soberano as obras dificilmente adaptáveis à tela, tipo Joyce, Céline, Thomas Bernhard ou aquele conde Dom Julián a respeito do qual tantas e tão maçantes teses foram escritas.

O relato feito por meu colega sobre o processo político montado, em abril de 1937, contra os dirigentes falangistas amigos de Eugenio, processo favorecido pelas práticas sexuais dos acusados e seus ritos de "iniciação na virilidade", ressuscitou minha memória adolescente de um antigo filme de Visconti sobre o ocorrido, na mesma década, com os chefes nazistas das S.A.

A fim de reconstruir os fatos, evocados de forma tangencial no informe do SIM e no testemunho arrancado abusivamente do infeliz poeta objeto de nossas pesquisas, consultei os documentos abertos ao público no Arquivo provincial de Granada, assim como os que foram transferidos para Madri no pós-guerra, sem deparar com o dossiê militar referente ao julgamento sumaríssimo, provavelmente destruído pelos próprios serviços de informação a fim de apagar as marcas do caso pouco edificante. A única coisa que consegui nas minhas entrevistas com meia dúzia de Camisas Velhas, hoje quase octogenários, foram três fotos dos acusados e uma carta manuscrita de Basilio para um anônimo alferes provisionado. Um dos ex-jovens da centúria informou com precisão a data exata dos fatos, 11 de maio de 1937, e algumas circunstâncias da queda de seus chefes naquela emboscada mortal.

Teriam conspirado contra o decreto, inspirado por Franco, da unificação da Falange e das JONS com os integrantes monárquicos e tradicionalistas do Movimento? Provavelmente sim, me disse. Basilio e Veremundo eram falangistas de pura cepa: consideravam tal fusão um plano monstruoso, contrário aos ideais e às aspirações joseantonianos. Por muitas semanas haviam estado na mira dos agentes do SIM e estes espreitavam a oportunidade de pegá-los com as mãos nas nádegas. Um dos adolescentes do grupo, dedo-duro dos serviços de informação, comunicou-lhes o dia e a hora de suas cerimônias iniciáticas. Um forte dispositivo de segurança cercou de madrugada o edifício da escola e irrompeu nos aposentos privados de seus chefes com rajadas de metralhadora.

Um Camisa Velha com quem conversei conserva um retrato do fundador da Falange, com algumas linhas manuscritas de Basilio: "José Antonio, silente e solitário professor de ausência". Me passou também quatro versos autógrafos de um poeta de Tânger, de quem não lembrava o nome, dedicados a Veremundo:

Deus impulsiona para o elevado!
Para cima, já sem remédio!
Por sobre as nuvens!
Para a lua! Para os luminares!

Outro me citou uns versos do Mártir, aprendidos de cor dos lábios de Basilio:

Era um hino triunfal que nuvens e ondas
Com sua música feroz
cantavam às naves espanholas,
embaixadoras da Raça Ibérica!

Consegui várias folhas escritas a máquina, com citações de pensamentos e frases que serviam de ponto de partida para glosas e comentários doutrinários:

Camisa azul, signo categórico e emblemático:
traje afirmador e agressivo, sublimemente totalitário!
O Jugo e as Flechas, encarnação do
Ímpeto valoroso e audaz, juvenil e altivo,
capaz de reviver a pátria espanhola, crisol
da fé e do espiritualismo.

O retrato de Basilio, com botas e uniforme da Falange, mas com a cabeça descoberta e o cabelo revolto, mostra um jovem loiro e aprumado que estufa o peito e exibe orgulhoso um sorriso de dentes regulares e brancos. Aparenta uns trinta anos – nasceu, segundo o registro paroquial de Baza, em 1903 – e manifesta um ar de confiança no futuro que o zumbido e furor daquela época se encarregariam muito cedo de desmentir.

O de Veremundo é uma simples e borrada foto de documento. Recebi também outro instantâneo seu, apinhado com os rapazes de sua centúria, como um treinador com seu time de futebol.

São as únicas provas materiais que reuni. As notícias dispersas sobre o assalto à escola de formação da Falange pecam pela incerteza e incorrem em contradições e anacronismos flagrantes. Teria havido uma tentativa de resistência e uma troca de tiros, conforme sustenta um dos entrevistados? Teria Veremundo morrido com sua Star na mão, como afirma outro Camisa Velha?

Teriam sido cravejados de balas no próprio cenário de suas orgias?

No apuro de redigir o conto ou capítulo combinado para estas aprazíveis semanas no jardim acorreu subitamente em minha ajuda o filme de Visconti do qual falei antes.

("A literatura é o meio de difusão mais rápido e fácil dos corruptores de nossa pureza secular. A nova Espanha tem a missão de queimar e destruir o que a envenena. O espetáculo das fogueiras de livros maçônicos, comunistas e judeus é altamente educativo e catártico."

Estas linhas que cito de memória, obra de um dos intelectuais que aderiram ao Movimento, dançavam na minha cabeça acompanhadas da música exacerbadora de *O crepúsculo dos deuses*.)

Enquadremos a cena: Basilio acaba de brindar ao triunfo dos ideais joseantonianos e à camisa azul dos heróis – cinco flechas de luz! – caídos na Cruzada. Compartilha o copo com um dos rapazes e logo juntam lábios e hálitos. Nus da cintura para cima, se apalpam e exploram. O gramofone de Veremundo vocifera rouco o "Cara ao sol" e "Eu tinha um camarada". Na penumbra distingo jovens loiros, de peito liso e sem pêlos, mas cobertos com a boina da Falange. Um deles faz as vezes de escanção e enche continuamente os copos. Escuto a confusa alocução de Basilio sobre a síntese de épica e lirismo, ardor viril e pureza de estilo cifrados no ideal teutônico e grego: "Eretos e nobres como espigas, prestes a sacrificar a vida diante das fezes plebéias de uma Espanha prostituída e sem alma". Quando acende as velas as escassas luzes se apagam. Agora vislumbro apenas membros promíscuos, travados corpo a corpo em liteiras e catres. O gramofone enrouquece as vozes aguerridas que exaltam a morte, alheias totalmente à iminência da sua chegada. "A sua é magnífica, e as bolas estão bem colocadas", diz Basilio. "Comigo não tem frescura nem dengo, estamos entre homens valentes e íntegros." Os compassos e a letra *Eu tinha um camarada/ entre todos o melhor/ os dois juntos caminhávamos/ os dois juntos avançávamos/ ao repique do tambor* cobrem abraços, espasmos, arengas alcoólicas. São duas da manhã, o compromisso inexorável com o careca.

Não me perguntem sobre a carnificina. Ignoro como aconteceu e Visconti abreviou-a numa seqüência rápida. Os supostos cabeças da conspiração teriam morrido ali, ou foram executados pouco depois, com ou sem julgamento? Ninguém conseguiu me responder de forma clara e fidedigna. No cenário da orgia com os mancebos misturavam-se o vinho e o sangue. Entre os documentos salvos do assalto figura provavelmente a carta de Eusebio, datada em Sevilha, que nosso coleitor aleixandrista nos leu neste amável e fingido jardim durante a primeira semana.

Terceira Semana

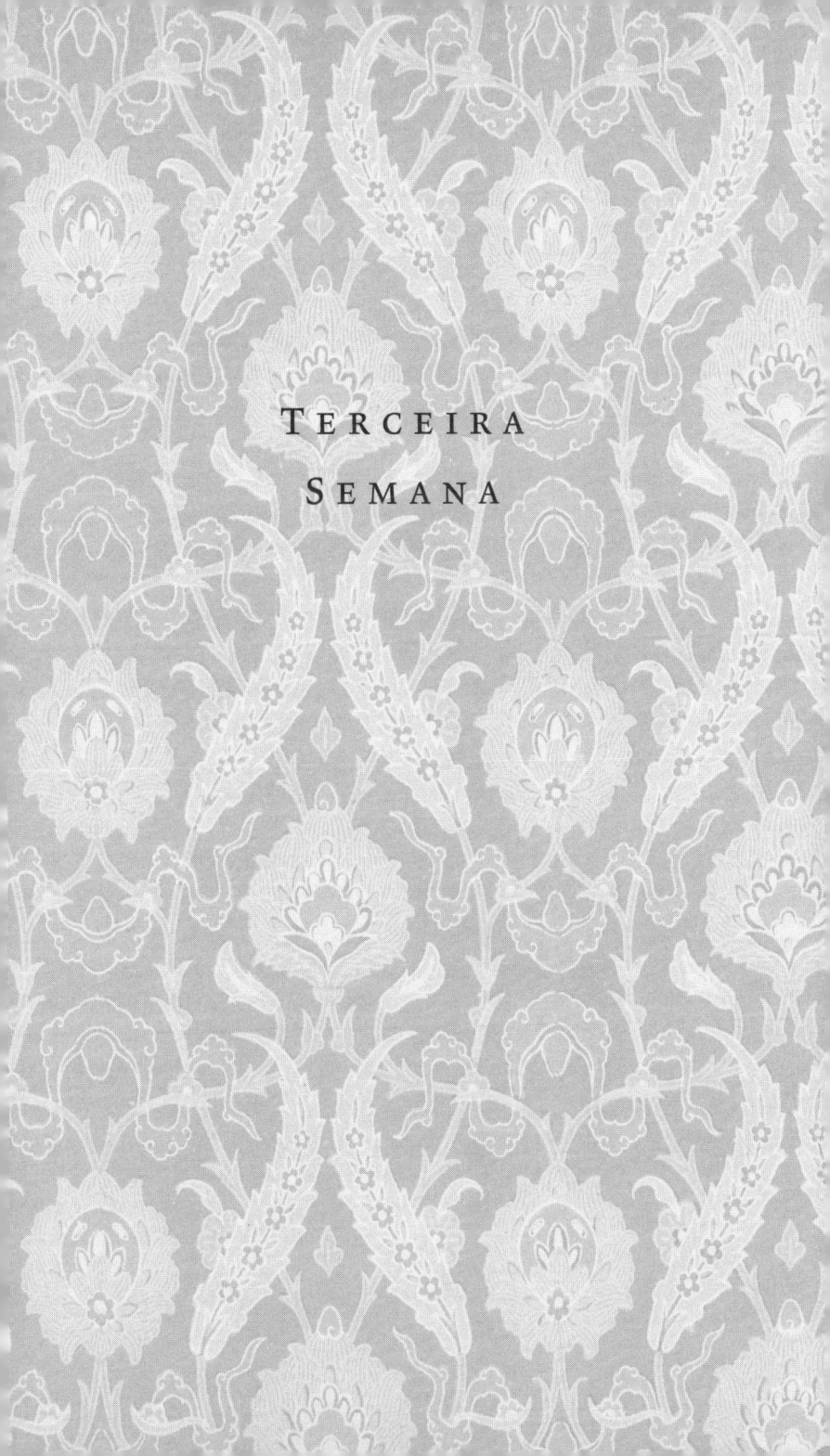

FÁ

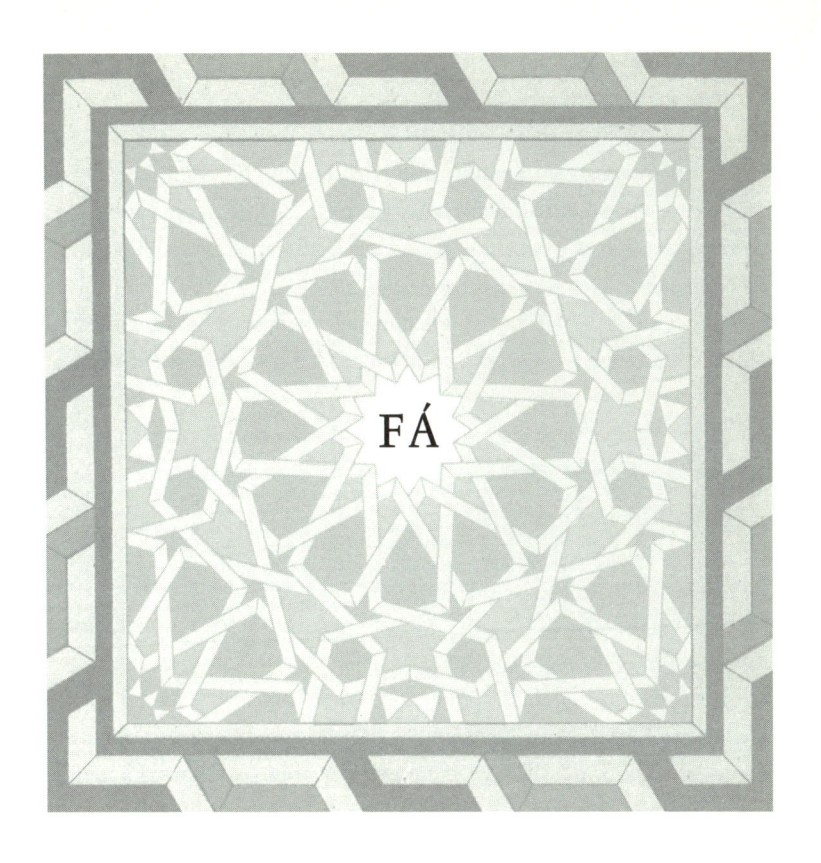

HISTÓRIA TRUNCADA COM
INESPERADO DESFECHO

Devido à minha formação arabista, forjada em cursos universitários sob a direção de prestigiosos mestres, minha aproximação obsidional ao esquema ou matriz da busca de Eusebio introduzirá um elemento de rigor científico infelizmente inexistente nas anteriores intervenções orientalistas ou supostamente mudejares dos meus coleitores do Círculo, mesmo sem me deter de momento no plágio descarado de um deles do conto de um autor espanhol publicado no *Le Monde Diplomatique* há alguns quantos anos...

Vozes: quem, quem?

O narrador, imperturbável:

Também vou relevar o flagrante anacronismo de alguns dos meus colegas, quando datam de 1936 o uso de eletrochoques com finalidades médicas quando este peculiar e discutível tratamento não foi introduzida na Espanha a não ser na década seguinte. Que não me venham agora com o prazer das imaginações inverossímeis nem com outros contos do vigário! A história é a história, e o romancista deve submeter-se a ela!

Alguns murmúrios de desaprovação perturbaram a quietude do delicioso jardim, seguidos de sons de pigarros, tosses e vaias. O coletor aguardou imperturbável que se restabelecesse a calma.

Graças àqueles professores insignes – tradutores entre outras coisas do ilustre vate do Eufrates, cuja obra ao que parece seria a inspiradora dos melhores bardos progressistas do Ocidente, se a cronologia não fosse obstinada em sustentar o contrário –, bebi nas fontes da cultura de Damasco e Bagdá, berço da refinada civilização andaluza do Califado – verdadeiro "jardim de poetas", cantado ainda com nostalgia pelos trovadores contemporâneos –, civilização destruída com sanha pelas fanáticas hostes mouras e berberes dos almorávidas e almôadas. Por esta razão – os estragos causados pela "nuvem de gafanhotos africana", segundo a expressão cunhada por um célebre historiador – não compartilho da maurofilia literária ou de índole mais reles de alguns colegas do ramo e a reduzo ao que é: mero folclore. A marginalidade do Magreb em relação aos núcleos irradiadores da cultura árabe explica que meu primeiro mergulho nela tenha sido recente e fortuito: motivado, como vocês sabem, pelo enigma de Eusebio.

"À minha chegada a Mur-rākuš, após uma escala interminável no aeroporto de Casablanca, depositei a mala num hotel e me dirigi, como um turista a mais, à célebre praça de *Ŷāmi'al-finā*.[29] Acabava de anoitecer e nos lugarzinhos de comida iluminados com lamparinas a gás os clientes consumiam a *bayṣara*[30] e outros pratos suculentos próprios do inverno.

Apesar do frio, numerosos *mur-rākušiy-yīn* apinhavam-se em torno da *al-halaqa*,[31] onde um *halāiqī*[32] ancião recitava as histórias de *Ŷuḥa*[33] importadas do *Mašriq*.[34] Na roda de espectadores vizinha, um rapsodo entoava uma melodia agridoce em *al-'amāzīgiy-ya*.[35] Depois de vagabundear alguns minutos esquivando o *ṭarbūs*[36] pedinte dos *al-gīniy-yūn*[37] e o tilintar dos sininhos para tirar fotos dos *as-saqqāīn*,[38] que ali chamam de *al-gar-rābīn*, dei com uma *al-ḥalaqa* cujo teatro me interessou por ter lido a tese que lhe dedicou um companheiro de pós-graduação, maurófilo e etnólogo além de outras coisinhas: um calhamaço de quase trezentas páginas sobre o *al-ḥaḍra*[39] dos jograis de Abi Raḥ-ḥāl.[40]

"Os discípulos secularizados de Sayydī Raḥ-ḥal al-Budālī,[41] cuja *silsila*[42] iniciática remontava, segundo a lenda, a Al-Ŷāzūlī e a Ăs-šadilī,[43] são famosos no Marrocos pelo *at-tahay-yur*,[44] durante o qual, em estado de transe, se abandonam a danças extáticas em volta de um forninho sobre o qual ferve o *muqrāy*.[45] O *muqad-dam*,[46] a quem cumprimentei em árabe clássico, me ofereceu cerimoniosamente um banquinho para que pudesse contemplar comodamente a *hadra*.

"O *ar-raḥ-ḥa'lī*[47] *al-matbu'*, vestido com simples bombachas, descalço e com uma cabeleira longa e hirsuta que agitava ritmicamente ao compasso do *al-bandīr*[48] e da flauta, invocava o auxílio do Profeta, de *Say-yidī Raḥ-ḥal* e dos demais santos do *Tas-sawt*.[49] Inclinava o corpo em direção aos joelhos, com as mãos nas costas, numa cadência cada vez mais endiabrada. Uma *malā'ikiy-ya*[50] imitava seus movimentos, possuída, segundo me disse o *muqad-dam*, por *Lal-la Malīka*.[51] O *raḥ-ḥali*, ajoelhado agora junto ao *muqrāŷ*, com o olhar perdido, cabelos alvoroçados e empapado de suor, aproximava seus lábios do *as-sunbula*[52] que surgia do bico do recipiente. Após o *at-taslīm*,[53] acompanhado de preces e ladainhas dos presentes, levantou do chão, pediu à platéia que repetisse suas palavras – ¡*al-baraca, al-baraca*![54] – e agarrou o aquecedor com mão firme, verteu na sua boca um jorro de água fervente, gargarejou com ela e começou a aspergir o público com seu *aš-šakwa*[55] sem manifestar qualquer sinal de dor. Foi então, enquanto contemplava o *ŷadba*[56] do *mawlā al-muqrāŷ*,[57] e a brancura do *as-sunbula*, que imaginei Eusebio, *maskūn*[58] por Mimun ou Hamu o *yaz-zār*,[59] numa cena semelhante e..."

Os apupos dos coleitores reunidos no ameno e cultivado jardim, a quem havia distribuído o texto antes de lê-lo, com suas notas e a reprodução canônica da grafia árabe, abafaram sua voz. Aproveitando o barulho, alguém subiu no estrado desde o qual o arabista narrava sua história e leu a advertência de Semprônio a seu amo Calixto no oitavo auto de A Celestina:

"Abandone, senhor, esses rodeios, abandone essas poesias, que não é fala conveniente aquela que a todos não é comum, aquela da qual nem todos participam, aquela que poucos entendem. Diga: 'Mesmo que o sol se ponha' e saberão todos o que está dizendo. E coma alguma conserva, com a qual tanto espaço de tempo se sustente."

Um aplauso denso arrematou a sessão.

29. Literalmente "mesquita do pátio ou praça". Segundo a versão popular mais difundida, "assembléia da aniquilação", nome derivado de uma lenda segundo a qual os amotinados contra o sultão apareceram enforcados no espaço da atual praça.
30. Ensopado de favas muito popular no Marrocos.
31. Círculo formado pela assistência em torno de um espetáculo.
32. O ator, músico ou narrador da *halaqa*.
33. Personagem juvenil, famoso no mundo árabe, conhecido por seus atributos de engenhosidade, astúcia e humor.
34. O Oriente Próximo.
35. Dialeto berbere do Atlas central.
36. Espécie de barrete comum no Marrocos.
37. Confraria de músicos e dançarinos descendentes dos escravos oriundos a África subsaariana. Seu nome é uma deformação de Guiné.
38. Aguadeiros vestidos com trajes tradicionais e cobertos com um chapéu amplo,- que distribuem a água fresca conservada em seus odres (*al gerba*) e agitam seus sininhos para atrair os clientes ou arrancar uma foto dos turistas.
39. Assembléia durante a qual os adeptos de Sayydī Raḥ-ḥal recitam suas ladainhas e executam suas danças extáticas.
40. Ver a nota seguinte.
41. Místico fundador da confraria *raḥ-ḥāliya* (morto em 1543). Atribuem-se a ele grandes poderes carismáticos.
42. Literalmente, corrente, ou genealogia espiritual.
43. Dois mestres sufis cuja doutrina se estendeu por grande parte do mundo árabe.
44. Dança frenética dos *raḥ-ḥāliyin*.
45. Recipiente de metal, aquecido pelo forninho até que a água ferva e se evapore.

46. Auxiliar administrativo. Neste caso, chefe da sessão de transe.
47. O *raḥ-ḥāli* "selado, marcado", pelo *at-teba* ou selo de *Sayyidī Raḥ-ḥāl*.
48. Grande tambor empregado por algumas confrarias em suas cerimônias e procissões de rua.
49. Rio que atravessa a região onde jazem *Sayyidī Raḥ-ḥāl* e *Abi 'Aumar*, próxima a Mur-rākuš.
50. Possuída.
51. Um célebre *ŷinn*, diabrete do sexo feminino.
52. Vapor que sai do bico do *muqrāŷ*.
53. Ato de submissão ao santo.
54. A bênção.
55. Aspersão bucal dotada de poderes mágicos e curativos.
56. Dança extática própria das confrarias populares.
57. Literalmente, o amo do *muqrāŷ*, o que manipula o recipiente com a água em ebulição.
58. Possuído.
59. Dois *ŷinūn* (plural de *ŷinn*) invocados com freqüência nos rituais da confraria.

QAF

Uma ocasional referência a Tânger, no relato do nosso colega do Círculo de Leitores, teve a graciosa virtude de me inspirar e abrir bruscamente as comportas da minha estagnada imaginação. Embora tivesse corrido muita água desde os anos da Guerra Civil Espanhola, quando a cidade conservava ainda seu estatuto internacional, até a data em que, já em meados da década de sessenta, coloquei os pés nela, tentei recriar sua imagem e aclimatar-me à atmosfera reinante trinta e tantos anos antes, graças ao arquivo vivo da memória tangerina, Emilio Sanz de Soto. Com sua preciosa ajuda e um punhado de postais em branco e preto, mergulhei fundo no mundinho de intrigas e turbulências do verão de 1937, assisti do cais dos pescadores à chegada do navio de linha no qual viajava Eusebio.

Vestido com desalinhada elegância, com o chapéu de feltro ocultando sua incipiente calvície, e uma simples mas luxuosa maleta de couro, passou pelas formalidades da alfândega, localizada ainda ao pé da muralha, e pela fileira de canhões xarifianos prestes a disparar, diríamos, contra o hipotético intruso que viesse sacudi-los da sua oxidada modorra, do seu profundo, comatoso sono. Trazia a documentação em ordem e, depois de cumpridos os trâmites, confiou sua maleta a um *almahal* nativo e deu-lhe o endereço de uma pensão da avenida de Espanha.

Sua primeira visita, depois de um banho a seco e de um breve simulacro de asseio, foi ao conhecido cardiologista e bardo de rípio fácil, Rafael D., cujo imprevisto ingresso na Falange e duvidosos serviços ao Movimento desconcertaram tanto seus amigos como sua clientela: uma oportuna virada de casaca ou, na boca de alguns piadistas, a travessia a nado do Zoco Pequeno, desde a tertúlia republicana do café-pensão Fuentes até o terraço fronteiro do grande café Central.

"Você por aqui? Que surpresa! Pensei que estivesse do outro lado, com os amigos poetas que freqüentávamos. Ainda lembro da noite em que tomamos café juntos, depois de um recital do pobre Federico."

"Ninguém o avisou da minha vinda?"

"Por acaso você agora se chama Eugenio Asensio?"

"Sim, e aqui está a carta da chefatura provincial de Sevilha. Recebi instruções para entrar em contato com você."

(Teriam as coisas acontecido assim? Conversaram no mesmo dia da sua chegada, no consultório ou no domicílio particular do médico?

"Provavelmente não", disse Emilio. "A cidade era um caldeirão fervente de rumores e todo recém-chegado inspirava receio. Embora os dois bandos estivessem claramente delimitados, muitos tangerinos flutuavam entre um e outro ou se reuniam em cafés de elevada neutralidade, com seus concidadãos ingleses ou de origem centro-européia. Os italianos apinhavam-se atrás de Mussolini e os franceses contra a Frente Popular.")

O poeta que se apresentou na roda do café Fuentes conseguira fugir, disse, quase milagrosamente, do território controlado pelos facciosos. Suas simpatias republicanas, a amizade com Altolaguirre e Emilio

Prados, os poemas inconformistas publicados em diversas revistas de vanguarda bastavam para convertê-lo na presa ideal da matilha de sinhozinhos fascistas e capangas da Falange. Graças a subornos e cumplicidades conseguiu refugiar-se em Portugal e chegar dali a Tânger, com documentação falsa. Seu passaporte identificava-o como um tal de Eugenio Asensio, nascido nas Canárias e comerciante de profissão.

Um dos presentes o conhecera em Cadiz, quando ainda se chamava Eusebio, e confirmou a exatidão dos ditos e feitos. Os fascistas, advertiu-o, costumavam marcar encontro em frente e reunir-se depois com seus correligionários italianos no café de Roma, a poucos passos do hotel Minzah. Haviam estabelecido o quartel-general da Falange Espanhola numa pequena vila da rua Dante e pretendiam criar um escritório consular rival da representação oficial do governo da República. Tinham fichado aqueles que se juntavam no café Fuentes e enviavam informes a respeito deles para o comando militar de Tetuã.

Logo conquistou a confiança dos companheiros de tertúlia. Embora naturalmente reservado e pouco amigo de discursos, seu relato sóbrio porém minucioso dos fuzilamentos e arbitrariedades dos participantes do levante em Granada e Sevilha causou impacto no grupo. A situação dos republicanos espanhóis em Tânger era precária, a cidade formigava de espiões a serviço dos nazis e dos fascistas, corriam boatos de ações preventivas contra os cabeças vermelhas, com o beneplácito ou a santa ignorância da administração internacional.

(O seqüestro de um encanador comunista, planejado no quartel-general da rua Dante, e seu subseqüente envio para Ceuta, de mãos amarradas e com um pano embebido em clorofórmio, no porta-malas do automóvel de Rafael D., terminara em desastre. Os destinatários do bolchevique apreendido só puderam se apossar do seu cadáver. A presa havia perecido por asfixia.

O fato teria ocorrido antes ou depois da chegada de Eusebio e de seus contatos secretos com o prestigioso cardiologista?)

Ao que parece, encontravam-se numa sauna, escondida no dédalo de vielas da medina, onde costumavam transar com seus respectivos amantes. Depois das massagens preliminares e da gozosa promiscuidade com pederastas num recolhido tenebrário, tomavam o chá a sós num salãozinho que o francês, dono do local, lhes servia em pessoa, com seu traje exótico de rifenha de olhos alcoolizados. Ali, Rafael D. lhe transmitia as instruções da chefatura local e Eusebio lhe comunicava os dados e observações de interesse, colhidos de suas conversas com os companheiros de tertúlia do café Fuentes.

Uma estranha mudança de aparência havia se operado nele. O poeta delicado e esbelto, admirador de Cernuda e amigo de Emilio Prados, começou a engordar e ficar flácido. Suas bochechas aumentaram, sua testa se encheu de rugosidades e sulcos. O pescoço inchado e as carnes fofas mal cabiam em suas camisas e calças, obrigando-o a mudar de vestuário, a renovar todas as suas peças de roupa. Seus conhecidos atribuíam isso ao clima e ao apetite excessivo: cuscuz demais, arroz valenciano, assados de cordeiro, aperitivos e vinhos de mesa, doces de mel, confeitos, docinhos. Ao cabo de dois anos de estadia em Tânger, estava quase irreconhecível. Era visto com freqüência nas confeitarias, engolindo chifres de gazela, sonhos com creme e tortas de chocolate. A voracidade insaciável e o abuso de licores e digestivos deram simultaneamente lugar à impressionante transformação de sua personalidade no dia da vitória de Franco: deixou de ser o homem deferente e amável, amante das letras e artes, e se transmutou num indivíduo ambicioso, calculista e arrogante. Da noite para o dia interrompera seu trato com a roda de amigos e se exibia sem constrangimento nos atos patrióticos e com o séquito do novo ministro plenipotenciário da Espanha. Falava com naturalidade da iminente liberação da cidade da sua "sarna cosmopolita". Ocupava um assento dianteiro na tribuna oficial durante os desfiles das Organizações Juvenis e Forças xarifianas. A figura obesa de Eugenio Asensio sobressaía por sua excentricidade e enigma entre a fauna variegada de Tânger: adquirira um vasto local comercial no grande Zoco[60] e aproveitou o fechamento das casas de câmbio para expandir, por meio de subornos e influências, seus escritórios de bebidas, mercearias e bazares. Sua empresa de representações comerciais instalou-se na sede vacante da British Women's Association e adquiriu os direitos sobre a marca Bière La Lorraine. Passeava de automóvel, com um robusto chofer de boné e uniforme, e tratava grosseiramente os nativos, a quem não obstante recebia de noite em seus aposentos numa luxuosa mansão do Monte.

Ninguém sabia como amealhara semelhante fortuna, nem como estabelecera vínculos de amizade com o Jalifa[61] e o Alto Comissário. Alguém o viu esbofetear a cara de um menino engraxate que se agachara a seus pés, com sua escova e caixa, sem pedir licença. Depois, com a mesma rapidez com que construíra seu patrimônio, malversou seus negócios e bens, desvanecendo.

Teria se instalado no Protetorado francês, colaborando com os serviços secretos do regime de Vichy, como antes servira aos de Franco? Assim diziam as línguas afiadas dos tangerinos, mas nenhuma prova digna de fé corroborou esse rumor.

"Era um tipo capaz de pagar para se vender", disse-me Emilio Sanz de Soto.

Tinha na sua biblioteca uma foto de Eusebio antes do levante, com Manolo Altolaguirre e Concha Méndez: um jovem de olhos claros e expressão aberta, antípoda do que, a sós ou em companhia, mostrou-me depois.

"Olhe bem para ele", concluiu após uma longa pausa. "Não lhe coube sequer a graça que o diabo outorgou a Dorian Gray."

60. Mercado, no Marrocos. (N. T.)
61. Pessoa que no antigo protetorado do Marrocos realizava as funções de sultão. (N. T.)

KAF

Desde a estrada principal que vai de Marraquesh a Beni Mellal, é preciso virar à direita, em direção a Sidi Rahhal, e alcançar a aldeia de El Attauía, onde jazem os restos de Buya Ahmad, um dos três santos patronos do território sagrado de Tasaút. Ali, carroças manquitolas, caminhões desconjuntados e toda classe de calhambeques cansados e mambembes aguardam a chegada de peregrinos, para transportá-los por uma pista de três quilômetros, normalmente coberta de poeira, que leva ao santuário de Buya Omar. A paisagem é a da planície de Hauz: campos de trigo, cevada e algodão, olivais e sebes de figueira-da-índia, pequenas propriedades agrícolas.

Quando cheguei pelas mãos de minha amiga Jadixa Maamuni – boa conhecedora do terreno e especialista nos ritos da *zagüía* – o sol brilhava alto e realçava a brancura e simplicidade da cúpula do marabu.[62] Duas ermidas menores, com as tumbas de sua filha e de um de seus netos, acolhiam também em seu seio uma longa fila de visitantes, ansiosos para obter a *baraca* de uma eventual cura. Depois de estacionar nos arredores do povoado e confiar o veículo aos cuidados de um conhecido seu, para evitar o pneu furado vingativo de algum espírito de porco, percorremos as ruas enlameadas e sujas em que perambulavam doentes e famílias, junto a tendas e locais de comida, automóveis desmantelados e cobertos de barro, oficinas mecânicas exíguas, tabacarias amodorradas, albergues rústicos. Os possessos caminhavam como sonâmbulos, em fosco e inquietante silêncio, com os pés presos por correntes.

Dirigimo-nos depois ao santuário, em cuja porta um *emjazni*, ao que parece também doente, cumprimentou respeitosamente Jadixa. O pátio estava lotado de gente e nos misturamos aos romeiros e possessos que se debatiam na entrada do sepulcro do santo, fazendo fila para tocar uma grossa corrente, depositada na pele de cordeiro estendida num pano verde da janela, e dando voltas e voltas em torno de um catafalco igualmente coberto de tecido verde. Das paredes do mausoléu pendiam oferendas e ex-votos. Ao contrário do que temia, ninguém reparou na minha presença nem me atirou um mau-olhado.

À saída, minha amiga parou para conversar com o guarda do santuário e perguntou-lhe por Eusebio. O velho não conhecia ninguém com esse nome, mas sabia de um europeu, ferido por incurável mudez e imobilizado há tempos na prisão sem grades de Buya Omar. Vagava ausente pelas ruas do povoado, alheio ao calor da vida, ensimesmado, descalço e com o cafetã puído, preso por uma corrente invisível ao lugar. Errava, disse, entre as tumbas do cemitério, procurava a escuridão das covas e ermidas, refugiava-se na *zagüía* e nas rezas de ladainhas, sacudido por soluços, empapado de suor. Não sabia quem era nem aonde estava nem o que fazia. O eco das preces noturnas – os prantos, uivos, lamentos – atiçava o fogo de suas visões, até que caía em transe. No tormento de seus sonhos convulsos, concebia o mundo como uma grande prisão: fila de presidiários acorrentados, tratamentos brutais, cachos humanos ligados por uma corrente comunitária, desarticulada centopéia com travas e algemas adicionais, não tinha lido tudo isso em alguma parte? Sentia-me realmente perplexo, como se a estadia em Buya Omar tivesse me contaminado: teria Eusebio bebido durante a romaria anual do santo a água milagrosa, surgida do ponto em que costumava ser recolhida, a escassos metros do rio, habitualmente seco? Teria ele refeito o itinerário coalhado de círios mortiços, o dédalo de covas enegrecidas pela fumaça e unidas entre si? Teria cumprido o rito das sete voltas, da direita para a esquerda, no sentido inverso dos ponteiros do relógio? Teria comparecido diante do Tribunal Oculto do santuário, frente ao qual o aguadeiro esfrega a grossa corrente do alfeizar[63] pelo corpo do possesso e a engasta ao pescoço com uma das grilhetas pendentes da grade? Teria sido submetido ao interrogatório do espírito que o possuía pelo juiz investido da esotérica autoridade do marabu, a fim de que revelasse sua identidade, expusesse suas exigências, esclarecesse a causa de sua agressão ao alienado? Tremeu Eusebio, como o enfermo que Jadixa viu com seus próprios olhos, frenético e esperneando pela resistência de seu hóspede indesejado aos poderes do Tribunal? Teria sido necessário imobilizá-lo de pés e mãos como em nossos hospitais psiquiátricos e prisões inquisitoriais? Girara três vezes com sua coleira de ferro em volta do catafalco? Permanecera acorrentado enquanto o espírito uivava e ria histericamente, forcejando as grilhetas, maldizendo o santo e cobrindo-o de injúrias?

Segundo minha amiga, o Tribunal Oculto escuta as razões do intruso e as queixas do possesso, negocia um pacto entre ambos, prolonga o encarceramento até o acordo final. O enfermo pode ter acesso ao seu dossiê no decorrer dos seus sonhos, e receber conselhos oníricos para abreviar os trâmites do processo, pode inclusive conhecer o prazo de sua liberação física e mental. O espírito condescendente aplaca sua cólera com o sacrifício de um galo ou cordeiro; se a falta imputada ao possesso é mais grave, este deve oferendar um boi. Em casos de malefício alheio, o diagnóstico é árduo; a terapêutica, prolongada e difícil. A neutralização do feitiço e a expulsão do intruso duram às vezes meses ou anos.

O velho guiou-nos até o leito do rio, o limite do retiro do santo, visível de longe pela tutela de duas palmeiras esbeltas. Alguns presos vagavam pela margem, sobre o cascalho, pedriscos e seixos rolados; outros cruzavam conosco sem nos ver, absortos na beatitude ou crueza de uma visão, ou na aridez de seu desamparo.

O personagem que todos procuramos encontrava-se estendido no chão. Se seu cafetã ensebado e o capuz levantado assemelhavam-se aos dos demais doentes, seus traços eram os de um europeu de uns sessenta anos: nariz afilado, olhos claros, lábios estreitos por cujos cantos escorria um fiozinho de baba. Agachei-me para cumprimentá-lo, mas ele não respondeu. Seu olhar me atravessava como se minha existência fosse ilusória: uma insignificante sombra na face variegada do universo. A insistente repetição do seu nome não produziu efeito algum. Viajávamos em planos distintos, sem uma mínima possibilidade de encontro. Imerso em seu mundo, ele contemplava fixamente as grilhetas presas aos seus tornozelos, com a vista oblíqua, quase horizontal.

Era este o mesmo homem piedoso que, conforme os dizeres do velho, acudia regularmente às preces da mesquita, memorizara o Corão e relia um surrado exemplar das obras de Ibn Arabi?

De puro desespero, sussurrei ao ouvido a letra do hino falangista sem que ele parecesse se alterar. Tampouco o nome de Basilio provocou reação alguma. Quando ia me dando por vencido e já estava prestes a levantar, descobri de repente, com emoção intensa, que seus olhos haviam se enchido de lágrimas. Chorava, silenciosamente chorava. Então cochichou de forma quase inaudível uma só palavra.

Será que deixo a vocês, amigos coleitores do Círculo, a tarefa de adivinhá-la ou a desvelo eu mesmo? Permitam-me, neste caso, manter o suspense alguns segundos.

Foi o título da velha canção já evocada: *Rocío*, simplesmente, *Rocío*.

---

62. Pequena igreja reservada, entre os muçulmanos, aos eremitas e ascetas que se consagram à vida religiosa. (N. T.)
63. Parapeito, em árabe.

LAM

Todas as hipóteses e digressões em torno da estadia de Eusebio na antiga capital almôada, independentemente do maior ou menor talento com que foram expostas, padecem no meu entender de gratuidade ou seguem uma trilha traçada por grossos antolhos.

Inutilmente farejei seus rastros por ruelas sinuosas da medina; no rebuliço e agitação da Praça, nos zocos e bairros populares; em *zagüías*, ermidas e até cemitérios abandonados, âmbito privilegiado, segundo alguns colegas, de misteriosas bruxarias e feitiços.

Desculpem a franqueza: tais pesquisas incorrem, na minha opinião, num trivial e surrado exotismo, naquele *couleur locale* tão ao gosto dos viajantes ocidentais, especialmente os mais vizinhos e fronteiriços. Dado meu desconhecimento do mundo árabe e meu interesse exclusivo por nossa própria matriz, decidi interromper as improdutivas vagabundagens e instalar-me confortavelmente no antigo bairro francês de Gueliz.

Como um turista a mais, aboletei-me sob as arcadas do Café des Négociants, ora com meu bom amigo, o farmacêutico Abu Ayub, ora contemplando o esplêndido panorama da cidade – a Kutubia, o palmeiral, os cumes nevados do Atlas – desde a atalaia ou ponte de comando do La Renaissance. Se Eusebio realmente esteve no lugar, concluí, teria feito a mesma coisa que eu: procurar companhia fácil nos locais onde é servido álcool, embora nossos gostos e inclinações no tocante ao sexo apontassem, sem intenção de ofendê-lo, para objetivos diversos, para não dizer opostos.

Uma manhã, guiado pelas lembranças confusas de um sonho, fui percorrer o cemitério cristão, inaugurado com a chegada dos primeiros colonos, à sombra das tropas de Lyautey. Embora aberto ao público, eu era seu único visitante. Pelo espaço de uma hora, passeei ociosamente entre suas lápides e tumbas afetadas, até que meus olhos tropeçaram com uma cujo epitáfio prendeu minha atenção: *Alphonse van Worden, 1903-1972*. Depois de muito pensar e matutar, me dei conta de que correspondia ao do protagonista de uma das minhas novelas prediletas: *O manuscrito encontrado em Saragoça*. A surpresa, como vocês podem supor, me aguilhoou e fantasiei à vontade sobre o herói de Potocki e sua possível existência póstuma, após seu ingresso no panteão de Dom Quixote, Jacques e seu criado, Tristram Shandy e toda a sua parentela menor. A idéia de um hipotético nexo com Eusebio não acudiu à minha imaginação, a não ser mais tarde. Orientado por outro sonho – estava lendo Ibn Arabi, devido à insistência de meus coleitores e amigos! –, voltei ao cemitério, me aproximei para cumprimentar o guarda e, graças a uma história que inventei, a de um familiar enterrado ali há vinte anos, e ao eficaz abre-alas de uma propina magnânima, o ancião me permitiu consultar o registro de entradas correspondente ao ano 1972. Ansiosamente, perscrutei suas páginas: Alphonse van Worden não figurava nelas. Quando me dava por vencido, a ponto de jogar a toalha e despedir-me do velho, descobri o nome e sobrenome de um dos inumados, e sua assombrosa coincidência com os do duplo de Eusebio, presentes no relato de alguns de meus colegas, me sobressaltou: Eugenio Asensio, nascido nas Canárias e morto em Marraquesh exatamente nas mesmas datas marcadas no epitáfio!

Corri para a tertúlia do Café des Négociants, evitando cair nas malhas da tão fofoqueira Madame S., e interroguei a sós, numa mesa afastada dela, o meu amigo Abu Ayub. Depois de uma ducha inicial de água fria – não conhecera nem ouvira falar do tal Eugenio Asensio –, reconfortou-me ao indicar que um dos participantes da tertúlia – com méritos justificados de bisbilhoteiro e leva-e-traz – poderia me informar sem restrições sobre a vida e milagres de Alphonse van Worden, um singular e extravagante personagem da fauna européia da cidade.

"Quem não conhecia, pelo menos de vista ou de ouvir falar, Alphonse van Worden, suposto descendente do conde Potocki, com cujo glorioso título se revestia, impresso em seus cartões de visita, num ridículo alarde de vaidade?"

(Meu novo interlocutor tinha toda a aparência de um *bon vivant*, afeito aos prazeres do vinho e da mesa. Seria então por isso que gravitava na órbita de Madame S. e seu galardoado restaurante?)

"Morava num *riad*[64] do bairro de Bab Dukala e costumava beber até cair no bar La Mamunia, para onde se trasladava todos os dias em seu nobre Rolls de modelo antiquado, conduzido por seu pequeno chofer, sempre coberto com um turbante hindu.

"Fazia o possível e o impossível para atrair os olhares e mesmo assim envolver-se numa aura de mistério, como que forjando para si uma lenda de aristocrata ao mesmo tempo decadente e secreto, iniciado nos arcanos da Arte e da Literatura.

"Pretendia ser poeta, autor de versos audazes e crípticos, cujo enigma, similar ao dos hieróglifos egípcios, somente algum Maspero[65] tenaz e erudito, versado em achaques de esoterismo, conseguiria decifrar. Como esses poemas não apareceram por ocasião da sua morte e o legatário universal de seus bens – o pseudochofer hindu – tivesse um dia afirmado que não poderiam vir à luz a não ser ao cabo de dez séculos, e no dia seguinte que haviam sido enterrados por ordem do amo, dentro de um cofre com incrustações de marfim e nácar, num cerro pelado das fraldas do Atlas, deduzo que nunca existiram e foram também, como o título e os ancestrais, pura invenção sua.

"Dizia ser de linhagem polaco-alemã, mas o certo é que não dominava nenhuma dessas duas línguas. Uma tarde – enquanto bebia sozinho, segundo seu costume, no bar La Mamunia –, mandei maliciosamente que um engenheiro agrônomo nativo de Dantzig fosse cumprimentá-lo, e este me confirmou que o suposto Van Worden não entendeu bulhufas de seus cumprimentos e saiu do apuro num francês perplexo e atribulado.

"Seu sotaque delatava claramente sua origem maltesa ou espanhola e, movido por minha inata curiosidade, aproveitei uma das minhas viagens profissionais a Casablanca, de onde ele parecia provir, para recolher em diversos meios o que houvesse de informação sobre um personagem com suas características: obeso, glutão, bebedor, exibicionista, silencioso, versátil. Sim, meu bom amigo, ele reunia todas essas qualidades, era um ser composto de traços e elementos não só díspares mas até opostos: camaleão que puxava para batráquio, de corpo rechonchudo, olhos saltados, pele verrugosa e enferma. Um autor com a garra de Balzac poderia ter escrito a respeito dele uma apaixonante novelaça em fascículos.

"Na verdade, era um comerciante espanhol vindo de Tânger. Segundo boatos inverificáveis, trabalhara para os serviços secretos da administração colonial de Vichy e obtivera por isso as cumplicidades necessárias para trambicar e enriquecer. Não escondia suas simpatias para com Franco e Pétain, mas, após o desembarque aliado, virou casaca e passou a se dar bem com os americanos. Conchavou com um corruptível e hábil oficial de Intendência e converteu-se em pouco tempo num dos reis do mercado negro. Comissões e mercadorias de todo tipo passavam regularmente por suas mãos e engrossavam seus já vultosos bens. *Monsieur Eugène* fazia e desfazia, comprava e revendia, acumulava propriedades e bens com a mesma avidez com que devorava docinhos nas melhores confeitarias da cidade.

"E um dia desapareceu, como havia desaparecido de Tânger. Liquidou seus negócios e trocou de pele. Ao chegar a Marraquesh, já era

Alphonse van Worden, aristocrata, centro-europeu e poeta. Vestia-se de modo extravagante e se exibia no Rolls com o chofer enturbantado.

"A não ser pela sua religiosa devoção ao bar-capela La Mamunia, quase não saía de sua *riad*. Trouxera com ele um moderno projetor cinematográfico e devorava por horas e horas seus filmes favoritos, refestelado num sofá com seu filipino, os dois de mãos dadas. Gostava dos filmes musicais de Raquel Meller e Imperio Argentina, cujos nomes foram garatujados num papel por um de seus empregados, por meio de suborno e a meu pedido. Também professava grande admiração por Greta Garbo, Joan Crawford e Gloria Swanson: cujos filmes, ignoro se na versão original ou dublados em francês, ocupavam ao que parece um lugar preferencial na sua filmoteca.

"Uma noite em que bebeu além da conta, deu de ficar cantando 'La violetera' no vestíbulo do hotel, com uma voz aflautada e ademanes grotescos que deixaram atônita a clientela e confundiram e imobilizaram alguns funcionários – incluindo o *concièrge* e o porteiro com cartola – a quem habitualmente cobria de notas, em significativo contraste com seu imisericordioso desdém para com aqueles que na rua vestiam o libré da miséria. Permaneceu no salão de entrada como uma diva à espera dos aplausos, até que o filipino conseguiu dirigir seus passos para a célebre marquesinha, hoje desaparecida, a poucos metros da qual aguardava o Rolls-Royce.

"Mas o episódio mais comentado – murmurado pela *crème Chantilly* de Gueliz e nas espaçosas mansões do Hivernage – ocorreu em sua própria casa. Ele, que a mantinha velada a todos os olhares, convidou um seleto grupo de figurões mais ou menos aristocratas do Gotha ou Goya da nobreza para uma recepção de etiqueta à qual, por certo, Madame S., vesga de despeito, não fora convidada. Quinze ou vinte pingüins e velharias emplumadas, com debruns e restos de uma grandeza ronhenta, apresentaram-se assim no *riad* à hora marcada e foram escoltados, por criados de fez vermelho e cafetã branco, até os assentos dispostos no pátio em frente à escadaria-cenário, e atendidos imediatamente por garçons com bandejas de refrescos, taças de champanhe e canapés de caviar. Uma recepção com tudo a que se tem direito, como nos bons tempos de

Lyautey e Guillaume! Apenas o conde Potocki se fazia esperar, enquanto o inquieto e ágil filipino cuidava da decoração, dava instruções com entoação afetada aos criados, a respeito da adequada iluminação do corrimão e da perfeita colocação do tapete (presente pessoal, sussurava-se, da imperatriz do Irã).

"Monsieur Alphonse van Worden ou, melhor dizendo, Madame van Worden, apareceu finalmente – maquiagem atroz, peruca loira, vestido de organdi com mangas bufantes – para descer, muito dama outonal, de gala mas sem bastão, os degraus da majestosa escadaria, não sei se do Sunset Boulevard ou do Pera Palas, flasheada pelo beija-flor ou pela avedo-paraíso em seu solene e azarado trajeto pelo proscênio da imortalidade. Suas vacilações e 'esses', à beira da derrocada, mostravam claramente seu estado: vinha totalmente bêbada.

"A partir daí, as versões diferem. Uns dizem que tropeçou, bateu a cabeça e foi preciso socorrê-la. Outros, que ameaçou e cobriu de injúrias os convidados: *Salauds, c'est vous les coupables! A cause des crapules comme vous j'ai gâchée complètement ma vie! Je suis un pantin, une ruine de moi-même, un cadavre puant! Je vous crache et je vous vomis dessus!*[66]

"Quando baixou a cortina e o público se dispersou escandalizado, o suposto conde Potocki soluçava e soluçava, incontrolavelmente, no deserto pátio de cadeiras.

"A representação estava encerrada e sua vida quase também: poucos dias depois da cena que estou contando, Eugenio Asensio morreu apunhalado por um mendigo privado de razão e entendimento, bem na porta da sua *riad*."

---

64. Palacete, mansão. (N. T.)
65. Gaston Charles Maspero (1846-1916), egiptólogo francês.
66. "Seus sujos, são vocês os culpados. Por causa de crápulas como vocês eu desperdicei a minha vida. Eu sou uma marionete, uma ruína de mim mesmo, um cadáver fétido. Eu cuspo e vomito em parte de vocês!"

MIM

Sim, conheci Monsieur Eugène, aliás Alphonse van Worden, aristocrata polonês supostamente entroncado aos Potocki: era um personagem original e às vezes extravagante, que desde a sua chegada a Marraquesh, nos últimos anos do Protetorado, e sua aquisição de um belo *riad* – comprado com fino faro de negociante de uma viúva francesa, quase moribunda –, se impôs com sua ostentação e extravagâncias à fauna européia que então prosperava. Seu traço de caráter mais assinalado consistia numa estranha mistura de presunção e mitomania. Posava de príncipe, poeta, artista, espião a serviço do *Intelligent Service* e algumas coisas mais. Todo dia construía para si um personagem e o encarnava com a convicção de um ator em cena. Sua árvore genealógica, que logo mandou gravar em couro, por um especialista artesão da medina, remontava aos primeiros reis da

Polônia e o aparentava à fina flor da aristocracia européia. Vestido de conde, com seu Rolls Royce e o inefável chofer filipino, ia visitar sua "prima", a princesa de Rúspoli, na mansão do vale do Urika, onde se fazia fotografar com ela, sentado à beira de sua cama, com toda a coleção de cãezinhos de estimação enfileirados primorosamente na colcha. Mantinha correspondência, não sei se real ou imaginária, com vários monarcas sem coroa, e alegava possuir o exemplar das *Elegias de Duino*, com a assinatura de Rilke, legado expressamente pela sua nobre destinatária. Às vezes, partia de viagem para encontrar-se, afirmava, com seus parentes que reinavam na Geórgia e na Albânia. Principalmente, tomava a si mesmo por um grande poeta: na juventude, escrevera alguns versos, apreendidos na Espanha durante a guerra, quando foi internado arbitrariamente num hospício, algumas vezes dizia que pelos vermelhos e outras, pelos franquistas. Conforme li recentemente nos jornais, esta coleção de poemas apareceu num encostado arquivo militar de Melilla e foi parar num sebo que o vendeu barato a um filólogo catalão. Ignoro se o seu trabalho de então tinha alguma substância. As obras que perpetrou em Marraquesh eram, se não carne de vaca, rípio destinado à lixeira. Plagiava descaradamente Kavafis e, pior ainda, entremeava seus versos com outros de sua própria lavra, letras de canções dos astros que admirava, de Raquel Meller e Miguel Molina. Declamava-os teatralmente, quando estava bêbado, diante de um público menos que reduzido: seu secretário e chofer filipino mais um criado. Seu salão rococó asfixiava o recém-chegado pela profusão de móveis, tapetes, espelhos, jarros e toda sorte de tranqueiras refinadas ou de mau gosto. Nas paredes ostentava fotos com dedicatória de la Meller, Imperio Argentina e uma plêiade de supostos artistas e autênticos cantorzinhos cujos nomes me escapam. Mais do que um salão, o cômodo, de janelas sempre fechadas e impregnadas por aromas de benjoim ou incenso, parecia o camarim de luxo de uma diva, entupido de glórias murchas e recordações esfumadas. Ali, nas noites em que não ia ao bar La Mamunia e permanecia em casa, o filipino projetava numa tela seus filmes favoritos, não só os que citava de orelhada o duvidoso informante do meu colega, mas muitos outros, para cuja sessão me convidava com assiduidade. Monsieur Eugène assistia às peripécias da fita como se fosse a primeira vez que as via: suspirava, ria, chegava à beira dos soluços, bebia, arrotava, lançava elogios, e sem parar de engolir docinhos. É certo que seu amigo e ele se refestelavam no sofá de mãos dadas, mas a fonte de informação do meu coleitor não conseguiu ver como eu vi os sucessivos disfarces que assumiam conforme o conteúdo do filme: uma noitada, de gala e com bastão; outra, com perucas egípcias; uma terceira, vestidos de hussardos. Monsieur Eugène colecionava uma ampla gama de trajes desde o de Cinderela tendendo a dançarina de cabaré até o de suas excelsas majestades, os reis da Bulgária. Depois, concluída a fita, fofocavam, comentavam lances e cenas dramáticas, davam rédea solta às suas associações de idéias e à sua memória erudita. Discutiam sobre os pormenores biográficos dos artistas, suas datas de nascimento, o nome dos câmeras e diretores de fotografia. Estes duelos prolongavam-se por horas e eu fazia as vezes de convidado de pedra, mas não me entediava, ao contrário, o diz-que-diz daquele casal singular me permitia vislumbrar um mundo que, para um homossexual discreto como eu, resultava fascinante e deformador da realidade. Eu era seu acompanhante oficial e não me consentiam a menor infidelidade. Lembro que uma noite me sobressaltou uma chamada telefônica quase de madrugada. "Venha já!", me disse Eugène, "estamos passando minha fita preferida da Mary Pickford!". Fazia um frio intenso, eu estava meio resfriado e a idéia de abandonar a cama, me vestir e procurar um táxi que me levasse até Bab Dukala me pareceu absurda. Respondi que não estava me sentindo bem e precisava ficar de cama. Ele cortou a comunicação bruscamente e me negou o cumprimento pelo espaço de algumas semanas. "Você não quis ver Mary Pickford comigo! Nada menos do que Mary Pickford! Isso nem Deus perdoa!" Porém, mais indulgente do que o Altíssimo, voltou a me admitir à sua intimidade, no seio de sua capela de projeção, sombria e recémfumigada, pois Eugène padecia de asma. Como Proust, exatamente como Proust, e tratava a mim com a mesma condescendência em relação ao adventício que Madame Verdurin. Se o filme o enfastiava de tanto que já o tinha visto, o diligente filipino interrompia a projeção, executava na pontinha dos pés números de balé ou ia buscar numa das gavetinhas da estante com incrustações de nácar, onde o amo entesourava seus segredos, os poemas cantaroláveis: puras lavagens, confusas e ocas ao mesmo tempo, escória de modelos anteriores copiados e recopiados até a saciedade. Se, como disse meu desafortunado colega arabista, a cronologia não me desautorizasse, afirmaria que saíam ainda mornos de uma daquelas mortais antologias de novíssimos, selecionados e prologados pelo vate espertalhão ou boi processional do momento. Seu autor os ouvia extasiado, acompanhava com atenção os movimentos e gestos do rapsodo, aplaudia bêbado seus trinos e enxugava as lágrimas. Não obstante, numa noitada tensa e de humor azedo, Eugène, ou Eugenio, interrompeu a declamação com um *non, non, non, tout ça ne vaut rien, c'est de la merde en poudre!* Desabou no sofá e foi preciso ajudá-lo a levantar-se e aspirar o frasco de sais que lhe brindava com solicitude o filipino. *Eugène, tu te trompes, tu est un génie, un génie incompris qu'on découvrira un jour, comme Lautréamont ou Van Gogh!* Nosso personagem choramingava, olhava-se no espelhinho de bolso, corrigia o ajuste da peruca, suplicava com os olhos meu assentimento. "Sim, seu amigo tem razão, sua obra será reconhecida algum dia": estas frases ou outras do mesmo teor nasciam inanes da minha boca diante daquele espetáculo de desconsolo astuto e infantilidade matreira. Pois, mesmo em seus arroubos de sinceridade e confissão, Eugenio mentia. Tudo fazia parte de um teatro destinado à galeria, de uma mímica de autocompaixão com a qual ocultava a verdade da sua vida: os anos de infância, adolescência e juventude que precederam a guerra civil e mostraram logo com crueza a realidade brutal de um país, obstinado, cheio de ódio, cruel, sedento de sangue. Um dia em que, enquanto aguardava no salão que o filipino o vestisse e enfeitasse, xeretei por minha conta as gavetinhas da estante, descobri a foto borrada de um bonitão, com pinta de açougueiro e o caudaloso bigode de malandro. Sem deixar de admitir minha má ação e curiosidade censurável, perguntei-lhe quem era. "Um áscari que me ajudou e morreu", disse, depois de devolver a foto ao seu lugar. Não consegui arrancar-lhe uma palavra a mais sobre aquele sujeito. A chave, sem dúvida, de algum dos enigmas da sua vida. O fato era ainda mais insólito porque o Eugenio sessentão, afetado e mundano, professava um desprezo visceral pelos nativos, a quem chamava sempre de *mohamedes*. Sua aversão ia às raias da mania: não devolvia o cumprimento dos vizinhos, maltratava verbalmente os pobres, ordenava ao filipino que acelerasse nas passagens para pedestres e ria do susto e do pulo veloz dos transeuntes. No La Mamunia distribuía gorjetas generosas e se envolvia numa atmosfera odiosa de servilismo e lisonja. A falta de piedade com os velhos e necessitados já era proverbial no seu bairro: com o passar dos anos, ninguém se aproximava dele. Por isso me intrigou, alguns dias antes de sua morte, a presença, na ruela pouco movimentada do *riad*, de um mendigo provavelmente alienado, vestido com um cafetã puído e cujo capuz levantado cobria-lhe a parte superior do rosto: jazia imóvel, com o olhar fixo e oblíquo, quase horizontal, recentemente descrito. Vi-o durante alguns segundos levantar a vista enquanto o filipino abria a porta da garagem e Eugenio – ou deveria chamá-lo já de Eusebio? – saía dele no seu Rolls: reflexo fugaz de umas pupilas brilhantes de ódio, de uma aversão aguçada como o fio cortante de um punhal.

Coloco a vocês discretamente a pergunta: ele ou seu duplo?

NUN

Minha margem de manobra é estreita: no apuro de concluir por sorteio o relato coletivo do nosso Círculo e encerrar estas frutíferas e divertidas semanas no jardim, vou me esforçar em fazê-lo a partir do ponto em que o interrompeu meu colega, se não em linha reta, pelo menos numa visão pluriforme da inevitabilidade do crime.

A variada e confusa documentação que reuni sobre nosso personagem – em sua dupla versão –, em vez de me esclarecer o lance, obscureceu-o: os recortes de jornal da época, de *La Matin* – "Estranho homicídio de um aristocrata" –, e *L'Opinion* – "Uma das figuras da sociedade de Marraquesh, famosa por suas excentricidades, apunhalada por um demente à porta de sua mansão" –, mencionam M. Eugène Asensio, um residente apátrida de origem espanhola; as declarações do criado filipino, sobre a agressão ao Mui Nobre Senhor Alphonse van Worden, resultam arrevesadas e incompreensíveis sem o acompanhamento musical de seus trinos, adejar de asas de mariposa e passos de balé; a versão de uma testemunha ocular, um empregado dos Correios que casualmente passava de motocicleta pelo local, sustenta que a vítima correu ao encontro do perturbado embora este esgrimisse uma faca com manifesta intenção de atacá-lo. Quanto ao suposto homicida – descrito como "indocumentado", "louco", "mudo", "sem relação alguma com a vítima, a quem provavelmente via pela primeira vez" –, os trechos do boletim policial e os autos do julgamento, que o condenaria a reclusão perpétua num centro especial de alienados, sublinham sua "total indiferença, apatia, rechaço do mundo, imperturbabilidade, aceitação impassível de sua sentença". A frase de um dos escrivães – "Parece um ser razoável, mas sem razão" – sobressaltou-me: não era por acaso uma simples transcrição do *budali*, pobre de espírito ou louco de Deus de Ibn Arabi?

Como relatar a travessia das diferentes estações que separam a realidade visível da invisível e alcançar de um vôo o mundo ignoto da transcendência, o duplo périplo de um ser cindido pelas peripécias da vida e fantasmagorias do relato até seu próprio e único centro espiritual?

A pergunta do urbanista não encontra resposta no santo. Entrei de chofre na pele de Eusebio: na do personagem obeso, histriônico, que desprezava o endosso alheio, e em sua escondida, implacável consciência. Examinei-me com desapiedada nitidez pelos olhos que já eram meus: oscarwildeanamente vestido, com um chapéu de palha, colarinho de gravata borboleta e flor na lapela, disfarçado para uma de minhas visitas de cortesia a altezas de meia tigela e estrelas de *Hola* ou *Semana*.[67] Meio deitado no chão, com a cabeça apoiada numa parede, eu examinava fixamente as grilhetas invisíveis presas aos meus tornozelos. Acabara de sofrer uma das sessões de eletrochoques prescritas pela direção do estabelecimento e partido as correias que me mantinham amarrado à cama? Tinha procurado refúgio, como os aflitos pela melancolia ou fulminados por uma visão teofânica, na aldeia de Tesaut, habitada apenas por possessos errantes e almas penadas? Que obscura premonição ou artifício narrativo me guiaram até a ruela de Bab Dukala onde morava a encarnação de meus males, a personificação da minha esquizofrenia? Revivi fugazmente uma sucessão de instantâneos da minha captura e internação no hospital-quartel de Melilla, da imagem luminosa do áscari, da proximidade com Basilio, dos períodos de assédio e terror, do interrogatório pelo juiz, da traição ao meu amigo: os distintos fios do relato que compõe a minha vida juntavam-se de repente, reuniam o disperso e concertavam o oposto. Não sabia se me havia despendurado da cela com a ajuda do meu fiel companheiro rifenho ou se cumprira as etapas da descida aos abismos de tanta vileza e humilhação. Era ele ou era eu? Quem olhava quem? A faca que segurava com força, a esgrimia contra mim mesmo? Eu a via brilhar ao sol como o símbolo redentor da minha abjeção e condenação. Oblíqua, quase horizontalmente, espreitava o filipino enquanto abria a porta da garagem, e eu, sim, era eu, assomava à rua, cravava os olhos em mim, parecia impressionado pelo encontro, o fulgor incendiário das minhas pupilas, a faca que me dispunha a atacar, cego como uma falena pela intensidade da luz, correndo em direção a ela, em direção às punhaladas que lhe assestava, golpes, golpes e golpes, arroubo e não dor, não havia agredido nem agressor, a arma nos unia aos dois com júbilo e exaltação, dava fim ao relato, rematava minha vida.

Um morto não pode falar, e tenho dito.

67. Revistas semanais de notícias e fofocas sobre "celebridades". (N. T.)

H'A

Minha voz vem de além-túmulo: forçada a morrer por sorteio, acredito em que um resto do amor e da compreensão que a modularam em vida se filtre desde a sutileza até o mundo que é ainda o vosso. Imaginei que fosse um personagem fictício, mero ser de papel como o que laboriosamente vocês estão construindo: impotente, fragmentado, disperso, resignado às aléias de uma precária e irreal condição. Errava, ausente, por cenários de sonho, sacudido pelas mudanças bruscas e pela sucessão de reviravoltas, num estado de paralisia e embotamento similar ao produzido pelos remédios e pela terapia feroz das descargas elétricas. Mas desta vez não enfrentava enfermeiros nem psiquiatras, mas sim um monstro de repulsivas cabeças: tantas quanto os coleitores do Círculo. Sentia-me observado desde mil ângulos e facetas, acossado por um olhar prismático, um olho múltiplo, poliédrico. Impossível safar-me da gosma que me envolvia, romper a teia de aranha que me prendia. A única certeza se reduzia a um nome ao qual me agarrava como que por um fio de cabelo. Se a Lozana dispôs do privilégio de dar voz ao seu autor, e os personagens de Unamuno e Pirandello se rebelaram audaciosamente contra seu destino, o que poderia um ente desconjuntado e frágil como eu diante de uma assembléia de leitores que me criava e destruía, me erguia e sacolejava? A perturbação mental que sofria poderia ser curada pelos eletrochoques e sedativos que me administravam? Parecia que estava de novo em Melilla, rodeado por um coro de Erínias, infantes do meu desvio ideológico e conduta nefanda. O que mais me entristecia eram os longos parênteses de esquecimento no tocante a outros períodos do passado, de memória mais grata. Por que esse silêncio em torno de minha irmã e da bonita cumplicidade que nos unia? Eu precisava voltar atrás e reviver os anos em que desfrutara de sua companhia: os cursos de piano, ouvindo Schubert, Schumann e Brahms. Essa afinidade e conivência, que não conseguiu ser quebrada pelo seu casamento com um oficial de carreira, de sentimentos e idéias inteiramente opostos aos meus, foi o eixo real de toda a minha vida. Só a evocação das notas do piano poderia resgatar-me de tanta obscuridade e miséria. Mas nenhum dos coleitores teve esse simples gesto de piedade para comigo. Abandonaram-me, desassistido, ao ermo das minhas securas, sem terras úmidas, taquarais nem taboas, sem se referir sequer aos vinte anos felizes junto ao meu salvador e companheiro de alegrias e penas: Dris, chamava-se Dris Abu Al Fadail, e qualquer leitor pode verificar isso visitando seu túmulo contíguo ao meu num escarpado cemitério rural do amalato de Tanahaut. Minhas zonas de bonança, sombra e frondosidade, encobertas sistematicamente, compreendiam também a prazerosa amizade com Madame S., a causa da manifesta misoginia de alguns coleitores do Círculo, sua figura foi desapiedadamente machucada, despojada de suas qualidades de generosidade e talento. Ignoro se na juventude ela serviu de alcoviteira à eminência parda de um *miles gloriosus* do Alto Comissariado: o certo é que, quando da minha chegada à medina dos Sete Santos, era uma mulher culta que buscava a companhia de artistas e poetas, amiga de Denise Masson e do musicólogo Maurice Fleuret, mecenas de pintores iniciantes e editores de alguns analectos em árabe e em francês. Eu, o verdadeiro Eusebio, afirmo que o retrato que dela é traçado incorre não só em erros de monta, mas também em falsidades grosseiras. Graças a Madame S. pude restabelecer o contato com a minha irmã e retomar assim o fio de uma intimidade interrompida pela guerra e pela censura implacável de meu cunhado. Embora atualmente esteja indefeso diante das penas da hidra e, portanto, impedido de evocar seu conteúdo, nossa correspondência existe e as cartas que dela recebi foram enterradas comigo na sepultura próxima ao mausoléu de Mulay Brahim. Os coleitores que se encarniçaram contra Madame S. não se dignam a mencionar tampouco a pessoa que, desde a sua viuvez, converteu-se em sua inseparável amiga: Alice, a pianista, intérprete brilhante das mesmas partituras que embalaram minha infância e adolescência andaluzas. O efeito analgésico das noitadas em seu belo *riad* da Alcazaba me traz à mente a delicada terapia dos monarcas seljúcidas, quando aquietavam os enfermos e perturbados do reino com os concertos espirituais de seus melhores músicos. O amparo junto ao sossego e à serenidade dos instrumentos de cordas ou sopros, comum também aos antigos maristas de Fez e do Cairo, não demonstra por acaso uma melhor compreensão dos males e feridas do ser humano do que a cruel reeducação a que fui submetido? Mas não quero concluir minha intervenção de leitora em, honra aos ossos ou cinzas de Eusebio, sem tocar num ponto extremo: conheci a cozinheira do paxá e posso confirmar que, tal como se conta no relato da minha companheira e sócia do Círculo, suas especialidades gastronômicas estavam à altura de sua lenda. Nosso maledicente colega não saboreou, como eu, a exótica bastela, nem o guisado ou o macarrão enterrado, nem sua infinita variedade de doces e doçuras: no dia em que se apresentou, mais do que alegríssimo de bebida, no restaurante de Madame S., ela o pôs de quatro na rua. A aversão é má conselheira e, terminados conto e provérbios, regresso dignamente à tumba.

WAU

O Círculo de Leitores, antes de se dispersar, inventou um autor. Depois de prolongadas discussões, nas quais seus membros ostentaram vastos conhecimentos etimológicos, históricos e lingüísticos, forjaram um sobrenome ibero-vasco um tanto estrambótico, Goitisolo, Goitizolo, Goytisolo – finalmente se impôs este último –, antepuseram-lhe um Juan – Lanas, Sem-Terra, Batista, Evangelista? –, concederam-lhe data e lugar de nascimento – 1931, ano da República, e Barcelona, a cidade escolhida por sorteio –, escreveram uma biografia apócrifa e lhe achacaram a autoria – ou feitoria? – de uma trintena de livros. Na hora da despedida, quando estavam já fartos da ficção daquelas semanas no jardim e suspiravam para voltar aos seus lares e famílias, compuseram-lhe um rosto com diferentes imagens numa esperta montagem em superposição e o colaram, para complicar o já difícil, como um mamulengo, na contracapa do livro.

YÁ

Leituras dos coleitores do Círculo

La Celestina de Fernando de Rojas.
Cancionero de obras de burla provocantes a risa.
La lozana andaluza de Francisco Delicado.
Penitencia de amor de Pedro Manuel Ximénez de Urrea.
Dom Quixote e *Entremezes* de Cervantes.
Obras completas de Quevedo.
As iluminações de Meca e *As contemplações dos mistérios* de Ibn Arabi.
O manuscrito encontrado em Saragoça de Jean Potocki.

Apropriações e saques de coleitores

Rafael Basterra
Francisco Bonmatí de Codecido
Ernesto Burgos
Luis Camacho Carrasco
Rafael Duyos
Agustín de Foxá
Ernesto Giménez Caballero
Ramiro Ledesma Ramos
Eduardo Marquina
Eugenio Montes
José María Pemán
José Antonio Primo de Rivera
Luys Santamarina
Víctor de la Serna
Antonio Vallejo Nágera
Fermín Yzurdiaga

in *Cancionero de la guerra, Romances de guerra y amor, Antología poética del Alzamiento, Corona de sonetos en honor de José Antonio Primo de Rivera*

Idem, em *El compromiso de la poesía española* de J. Lechner
e *Literatura fascista española* de Julio Rodríguez Puértolas.

"Autocrítica", de Heberto Padilla, revista *Libre*, 1971.
"Una carta", de Vicente Aleixandre, revista *Vuelta*, novembro 1995.

•

A MONIQUE,
CUJA PRESENÇA ILUMINOU
AS COLEITORAS
E COLEITORES DO CÍRCULO
AO LONGO DA REDAÇÃO
DESTAS SEMANAS
NO JARDIM.

•

Este livro foi composto em Lexicon,
fonte criada por Bram de Does em 1992,
e impresso pela Ediouro Gráfica
sobre papel Pólen Bold 90g da Suzano.
Foram produzidos 3000 exemplares
para a Editora Agir em
agosto de 2005.